武州砂川天主堂

鈴木茂夫

同時代社

目次

第一章

慶應四年・明治元年

武州多摩郡砂川村《ぶしゅうたまごおりすながわむら》は、東京《とうきょう》・日本橋《にほんばし》から西へ九里（約三十六キロメートル）、武蔵野《むさしの》のただ中にある。村の中央を東西に五日市街道《いつかいちかいどう》が貫通する。街道の両側にはケヤキの並木。その最も高いものは、十七間（三十メートル）を超える。葉を散らした小枝が重なり合って冬の中空に延びている。それは十七世紀の半ば、村が誕生した頃に植えられ、星霜《せいそう》を重ねてきたのだ。

村人は約二千人、五日市街道に直交して短冊形に土地割りし、一番組から十番組までの集落を形成している。水利に恵まれないので、農作物は、陸稲《おかぼ》、麦《むぎ》、甘藷《かんしょ》、茶《ちゃ》、桑苗《くわなえ》など。街道の北を流れる玉《たま》川上水《がわじょうすい》の水を分配されて、生活用水としている。

ここは、韮山代官江川家《にらやまだいかんえがわけ》の管轄《かんかつ》。村の名主《なぬし》は代々砂川家が勤めてきた。二百年を超える。

慶應四年元旦、武州・砂川村。

新春の阿豆佐味天神社《あずさみてんじんじゃ》は、初詣の村人で賑わっていた。御祭礼《ごさいれい》と記した一対の大幟《おおのぼり》が据えられている。敷石で固めた参道の脇には、べっこう飴、櫛《くし》や笄《こうがい》、縁起物のダルマ、富山《とやま》の薬など露店が並んでいる。頭巾《ずきん》の上に烏帽子《えぼし》をかむり、曲芸する放下僧《ほうかそう》もいる。子どもたちは、群れなしてあちこちと走り回ってはしゃいでいる。

　境内の神楽舞台では、祭り囃子が奏《かな》でられている。

前の門《かど》よりこの座を指して
七福神が舞い込んで、
ぐるりと並んでお酒盛り
布袋《ほてい》に福禄《ふくろく》、毘沙門《びしゃもん》や
弁天様《べんてんさま》のお酌《しゃく》にて
飲めよ大黒《だいこく》、させ恵比寿《えびす》
中で鶴亀舞い遊ぶ

　正月恒例の伊勢音頭《いせおんど》だ。

　村人は誰も火熨斗《ひのし》をかけた紺無地《こんむじ》の袷《あわせ》を着た晴姿《はれすがた》だ。初詣《はつもうで》を終えると、社殿《しゃでん》の前に立つ名主砂川源五右衛門《すながわげんごえもん》に深々と頭を下げた。

「おめでとうさんです。旦那様、きょうは良いあんばいのお日和《ひより》でねえ」

「めでてえこった。この分じゃ今年もきっと豊作にちがいなかんべえ」

源五右衛門は当年三十歳、きっぱりとした声音《こわね》で口上をのべた。身の丈六尺（約一・八メートル）面長《おもなが》の顔に鼻筋が通り、唇は横一文字に結んでいる。太い眉、両の眼は黒目がちに澄んでいる。羽織袴の腰には大小の刀を帯びていた。名字帯刀《みょうじたいとう》を許されているのだ。

江戸での剣術修行の成果で、精悍《せいかん》さが全身にみなぎっている。

二番組の組頭内野藤右衛門《くみがしらうちのとうえもん》が笑顔で挨拶してきた。

「旦那、正月がめでてえことはの結構だが、おらにはちっとばかり見当がつかねえことがある。ぜひとも教えてくらっせえ」

「そりゃ藤右衛門さん、なんのこったい」

「いえね、俺は学問がねえから、世の中の動きがつかめねえ。去年の秋、『たいせいほうかん』てのがあったというが、ありゃ一体何のこっちゃ」

「ふむ、そりゃ、大政奉還のことだあね」

「そう、それが分かんねえ」

「一言で言えば、将軍様が将軍を辞《や》めたってことだよ」

「将軍様ってえのは、徳川様のことですかい」

「そうだ。徳川慶喜公《よしのぶ》は、徳川第十五代の将軍様だ。その慶喜公が将軍を辞めたんだ」

「将軍様が将軍を辞めると誰に言ったんだい」

「天朝様《てんちょうさま》と大名衆《だいみょうしゅう》に言ったんだ」

「天朝様ってのは何だい」

「天子《てんし》様とも言う。この日の本の国の元締《もとじめ》だ。この天子様が徳川様に将軍を勤めるように頼んだ方だんべ」

「よく分かんねえが、天子様って人が、日本の元締なら、徳川様を将軍にしないで、自分でこの国を治《おさ》めりゃいいんじゃねえか」

「藤右衛門さんの言うことには一理がある。しかし、天子様の家来には武士がいなかった。武士がいなきゃ抑えがきかねえ。そこで武士の棟梁《とうりょう》に、この国を治めて欲しいと頼み込んだ。それからざっと四百年間、将軍を努める家柄は、何度か変わり、徳川様となって二百数十年続いてきた」

「将軍様は、うまくこの国を治めてきたんじゃねえんですかい。それがここに来て、なぜ突然、将軍を辞めることになったんですかね」

「俺のような百姓には、その辺から先のことは分からねえ。江戸の町の噂話《うわさばなし》をひっくるめて、こんなところだろうと見当をつけてるだけ。少し前から、異国《いこく》の船がやってくるようになった。交易をやりたい、異人《いじん》を住まわせたい、だから港を開いて欲しいと申し込んでくる。異国の船は、風で走るばかりでなく、船に取り付けた水車のような代物を回して走る。そして船に積んである大砲は、とてつもねえ威力がある。長く砲弾が飛び、大きな爆発力がある。しかし、徳川様にも大名衆にも異国の船を退治する大砲も船もねえ。将軍様は、長崎《ながさき》、横浜《よこはま》、兵庫《ひょうご》、新潟《にいがた》、箱館《はこだて》の港を開放した。そして交易もするとした。つまり開国の方策《ほうさく》だな。そこで手詰まりを起こしたんじゃねえかと思う」

「天子様が自分で国を治めても、抑えのきく武士の家来衆《けらいしゅう》がいねえのなら、どうにもならねえんじゃねえんですかね」

「話がそうなると、俺には分かんねえ」

「旦那、話の切り口を変えてみるとどうでしょう。公方様が、将軍を辞めて何になったんですかい」

「将軍様ってのは、徳川様ってことだ。つまり慶喜公だ。将軍を辞めれば、大名だな」

「旦那、徳川様が大名になったというのは変じゃねえですかい。徳川様は、四百万石の大大名《だいだいみょう》、日本一の大名だからこそ大名の元締の将軍様だったんじゃねえですかい」

「あんたの言うとおりだ。そして俺たちは、徳川様の領民だ」

「旦那、そんなことで成り行きは、収まるだんべえか」

「頭を抱え込んじまうのは、その点だ。何かどでかい変わりようになってしまうような感じもする。つまり、将軍様も、大名も吹っ飛んじまうような様変わりがあるんじゃねえかと思うんだ。士農工商《しのうこうしょう》って言葉がある。世の中にある身分とその順序のことだ。その一番上に立つ『士《さむらい》』、武士が揺れているんだ。異国の力の前に、何もできないでいる。そうなのに、国の中じゃ、刀を振るってる。それは、国が根元から揺らいでいるってことじゃあねえだろうか」

「今年はえれえことになりそうな気配なんですかい」

「将軍様は、この前、長州藩《ちょうしゅうはん》がけしからんと、軍勢《ぐんぜい》を繰り出しただろ、一回目は勝ったが、二回目は、大負けだった。徳川が戦って負けるなんてことは考えてもみなかった。でも、そうなっちまったんだから、つまり、徳川の力が弱くなっているってことだよな」

「徳川に代わって天朝様というか、天子様が元締になるってことですかね」

「今言えるのは、何かがおわり、なにかがはじまるっていう気配じゃないだろうか。それ以上のことは、分かんねえさね」

二月十八日、仙台城下。

仙台の町に小雪が舞う。しんと静まりかえった武家屋敷が軒を連ねる細横町元立町《ほそよこちょうもとだてまち》。

「戻ったぞ」

藩医《はんい》竹内寿彦《としひこ》が青葉城《あおばじょう》から帰宅した。鍼《はり》を専門とし、二百五十石を給《きゅう》されている。

普段着《ふだんぎ》に着替え、火鉢に手をかざし、差し出された茶に口をつけた。

「一段と寒さが沁みるのう」

嫡子《ちゃくし》・寿貞《としさだ》がその前に坐りこんだ。当年二十四歳、俊敏な顔立ちの若者だ。

「父上、殿さまのご様子はいかがですか」

「うむ、きょうも鍼を打たしていただいた。ご心労が重なっておられる」

「殿様は、何をお悩みなのですか」

「お前も知っての通り、徳川将軍家が大政奉還され、王政復古《おうせいふっこ》となり新政府が生まれた。新政府は、徳川と会津藩《あいづはん》を朝敵《ちょうてき》として、武力で討伐するとしている。一月半ばから、再三にわたり、わが藩に会津追討《あいづついとう》の先陣《せんじん》に立てと言ってきている。すでに徳川は大政を奉還しているのだから、野心があるとは言えない。王政復古のときにあたり、戦乱を起こすのは、天皇の真意であろうか。それにより、わが国とかかわりのある諸外国から、どのような侮りを受けるかはかりしれない。これが殿様の考えだ」

「父上、私も殿様のお考えに同感であります。見込みはどうですか」

「問題は、会津藩の処遇だ。会津藩は五年間にわたり、京都守護職《きょうとしゅごしょく》に任じ、尊王攘夷派《そんのうじょういは》と対決してきた。今や、新政府の中枢《ちゅうすう》に入り込んだ長州藩は、会津を宿敵《しゅくてき》としているからな」

「父上、われらは会津と戦うことになるのですか」

「われらには会津と戦う名分はない。しかし、新政府は戦えと命じてきている。それは理不尽《りふじん》だ。ところがこの難局に際し、重臣の意見が二つに割れている。一つは新政府の意向に添わないと、わが藩も朝敵《ちょうてき》とされるという。後は殿と同じ意見だ。これを取りまとめるのはむずかしい。このため殿もはっきりとした、藩の方向を打ち出すことができないでおられる」

「ただならぬ気配《けはい》が刻一刻《こくいっこく》と迫ってきているのですな」

父寿彦は、口をつぐんだ。


二月二十二日、フランス・オートマルヌ県ティヴェ村。

パリの東南東約三〇〇キロ、オートマルヌ県ティヴェ村は冬の最中《さなか》だ。東の地平線が明るい。日の出はもうすぐだ。雪の気配だろうか、鈍色《にびいろ》の厚い雲が空一面をおおっている。ゆるやかな丘陵地帯に広がるブドウ畑と小麦畑は雪に包まれている。温暖な気候に恵まれ、古くから農耕が営まれてきた。葡萄酒《ぶどうしゅ》シャンパンの生産地として名高い。

村はコンミューンと呼ばれる。百戸あまりの農家で村を形成している。テストヴィド家は、その中の一軒だ。

ジェルマン・レジェ・テストヴィドは、十九歳の少年だ。長身の頭に、黄金色《こがねいろ》の髪、銀色の瞳が光る。身繕いして牛小屋で乳を搾《しぼ》る。朝の日課だ。温かい乳が乳缶にほとばしり出る。ジェルマンは干し草を牛に与えた。

それが終わると五人家族でお祈りを済ませて朝食。父親のプローシュ、母親のコリーヌ、長男のジェルマン、長女のロレーヌ、次男のセザールだ。朝食を終え、ジェルマンは急いで村の教会へ駆けつける。司祭《しさい》の室は、ストーブで暖まっていた。

初老のポランスキー神父が、笑顔で迎えた。

ジェルマンは机をはさんで、神父の前に坐る。ジェルマンの優れた資質を見て、神父が個人的に神についての授業をしようとはじめたのだ。もう二年になっていた。

「ジェルマン、おはよう。課業をはじめよう。最初は、永遠の生命《いのち》について考えよう。これについて何を思うかな」

「永遠の生命とは、神を知ることです。ヨハネ伝福音書第十七章第三節に

永遠《とこしえ》の生命《いのち》は　唯一《ゆいいつ》の眞《まこと》の神にいます汝《なんじ》と　なんぢの遣《つか》し給《たま》ひしイエス・キリストとを知るにあり（文語訳聖書・以下聖書の引用は同様）

と記されてあります」

「そうだ、よくできたよ。神を知ることは、この世ではじまり、来世《らいせ》において完成する。私たちが

この世での生活を終え、死後の世界で神に出会う。ヘブル人への書第十一章第一節には

それ信仰《しんこう》は望《のぞ》むところを確信《かくしん》し　見《み》ぬ物《もの》を真実《しんじつ》とするなり

とある。眼には見えない物を真実とする態度です。眼に見えない物とは、われわれの五感を超えたところに存在される神こそが真実であるとすることだ。これが神を知る道筋だ。私たちの肉体が亡びても、私たちの霊魂は亡びない。その霊魂が永遠の生命として生き続けるには『望むところを確信』することだ。そこで何を確信するのか」

「人が良く生きることです」

「それには学べば良いのだろうか」

「良く生きる指針、つまり永遠の生命は、学んで得られるのではありません。信仰によってのみ得られるのです」

「そのとおりだ。では信仰とは何かね」

「神をあるがままに認識することです。神の言葉を受け入れることです。何の注釈もつけることなくです」

「信仰は良く生きるための心の糧《かて》だ。信仰は、良く生きるために必要なことをすべて教えてくれる」

「神父様、見えないものを信じるのは愚かであり、見えないものは信じるにたりないという意見もあります。これはどう考えるべきでしょうか」

「ジェルマン、それは悪くない質問だ。見えるものは確かに信じることができる、見えないものは信じられないというのは、なぜだろう。それはわれわれ人間の知性が完全なものだという立場に立つ。しかし、われわれの知性は完全ではない。われわれの五感の一つである視覚は、しばしば誤った認識をすることがある。視覚も完全ではないのだ。もちろん、われわれの知性は、努力することで理解できることも多くある。と同時に理解できないことは、理解できるものより数多くある。神はわれわれ人間を超えた存在だ。だからこそ、ヨブ記第三十六章第二十六節には、

神《かみ》は大《おお》いなる者《もの》にいましてかれを知《し》りたてまつらず　その御年《みとし》の数《かず》も計《はか》り知るべからず

とある。神の存在は無限なのだ。その無限である神の言葉であるから、われわれはあるがままに、それを受け入れる。見えるか見えないかの問題ではない」

「神父様、信仰の意義については、これまで何度もお話して頂いています。何度聞いても、私には新鮮なことです。信仰することの根本がここにはあると思えるからです」

「ジェルマン、信仰とは、神の言葉を受け入れ、神の言葉にしたがうことだ。君はこのことを理解している。そうであるから、神とは何かを考えてみよう。神とは、世界の創造者《そうぞうしゃ》であり、支配者であり、摂理《せつり》をはたらかす存在である。われわれが神によって生み出され、神の摂理の中に生きていることを信じる者は、同時に神が存在されることを信じる人である。このような人をキリスト者という」

「神父様、私はキリスト教についての勉学をするにつけ、神の使徒《しと》として生きたいという思いが強

くなっているのです。そのためには、まだまだ多くのことを学ばなければいけないでしょう。ですが、私はそうしたいのです」

「ジェルマン、うれしいことを言ってくれたね。君の希望を実現するには、神学校《しんがっこう》で学び、宣教師《せんきょうし》として活躍することだ。私は、喜んでその手伝いをしよう」

「そうなんです。宣教師となることは、私の夢です。両親の許しを得て、ぜひそうしたいと思うのです」

「私の教区から、君が立派な宣教師となって巣立ってくれればとてもうれしい。そのためには、ラングルの神学校で学ぶことが求められる。神学校では、聖書を学ぶほかに、ラテン語が必修科目とされる。教会の公文書は、すべてラテン語で書くことになっているからだ」

「神父様、私にラテン語を教えてくれますか」

「喜んで教えてあげるよ」

ポランスキー神父は、立ち上がって書棚から分厚い一冊の書籍を取り出した。

「ジェルマン、これが教科書だ。これに入る前に、ラテン語とは何かを話しておこう。ラテン語は古代ローマ市民が話していた言葉だ。もちろんローマ市民だけではなく、ローマ帝国の公用語として使われていた。だがローマ帝国滅亡の後は、それぞれの地域ごとに言葉が変化したといわれる。私たちが今話しているフランス語もラテン語から生まれ出たものだ。イタリア語、スペイン語などもその仲間だ。だから、ラテン語にはフランス語と通じる点が多い。しかし、今やラテン語を自分の言葉として話す人はいない。ラテン語は学ぶ言葉だ」

「神父様、ラテン語は私が学ぶ最初の外国語ですね」

神父は手元の紙に文字を書いた。

Dei te ament, Ut valess, Gratias ago
「書いたのは三つの挨拶文だ。君の思うように発音して」

「デイテ アメント。ウト ヴァレス。グラティアス　アゴ　」

「悪くない発音だよ。これはね、『今日は』、『お元気ですか』、『ありがとう』なんだ。この次から、教科書ではじめよう。ラテン語を口にした気分はどうだい」

「うれしいです」


三月十七日、横濱居留地・聖心教会。

しとしとと雨が降っている。横濱居留地八十番・八十一番の区画《くかく》に聖心聖堂はある。街の人々は横濱天主堂《てんしゅどう》と呼ぶ。今から六年前の文久二年（一八六二）一月十二日に、パリ外国宣教会日本管区長代理・ジラール神父が居留地に土地を求めて聖堂《せいどう》を建設した。徳川時代、カトリック信仰が厳禁され、信徒に厳しい刑罰が加えられていた。しかし、この日を境にカトリック信仰が復活したのだ。

聖堂は、正面に天主堂の標識、瓦屋根の上に十字架、側面には縦長の窓が並ぶ。堂内は列柱《れっちゅう》によって中央の身廊部《しんろうぶ》と左右の側廊部《そくろうぶ》に分かれ、カマボコ型の曲面天井《きょくめんてんじょう》となっている。

天主堂の司祭室で、マラン師とミドン師は向かい合っていた。机の上には紙片がある。ミドン師が紙片を手にした。

「街の高札場《こうさつば》に、五枚の立札《たてふだ》が立てられました。一昨十五日のことです。これは徳川に代わった天皇《みかど》の政府がはじめて出した告知です。その内容を書き写してきたのがこれなんです」

マラン師が尋ねる。

「ミドン神父、あなたはこの告知を理解しているのですか」

「たまたま出会ったジャーディン・マセスン商会の清国人番頭に文面を書き写してもらいました。そしてその意味内容は、運上所《うんじょうしょ》のフランス語通訳に尋ねました。それで大体の意味は理解できたと思います」

「それは結構でしたね。では私に説明して頂けますか」

「立て札は五枚、その一枚一枚に一項目が書いてあります。つまり五項目が告示されているのです。第一札《だいいっさつ》では、日本の伝統的な道徳、つまり、親と子が互いに親愛の情で結ばれる。君主と臣下は互いに慈しみで結ばれる。夫婦には夫の役割、妻の役割がある。年少者は年長者を敬う。友人とは、信頼の情で結ばれる。これら五つの要目を守らなければいけない。第二札《だいにさつ》は、大勢で徒党《ととう》を組み、強引《ごういん》に願い事をするのは禁止する。第三札《だいさんさつ》は、切支丹邪宗門《きりしたんじゃしゅうもん》を信仰することは、堅く禁止する。第四札《だいよんさつ》は、政府が諸外国と取り決めた事項は、万国公法《ばんこくこうほう》に基づき履行する。第五札《だいごさつ》は、その居住地域である村を脱走するのは禁止する。以上の五項目です。これらの五項目は、徳川の方針をそのまま引き継いだと見て良いでしょう。徳川から天皇の新政府に変わったというのですが、これでは何も変わったことにはなりません」

マラン師は首をひねりながら、

「人民に何をするかが問題なのではなく、国の支配者が徳川から天皇へと移行したことが大事だったのでしょう。ところで、私には、天皇がよく分かりません。天皇は大名ではない。つまり、武士を抱えた武装集団の指導者ではないのです。聞くところによると、天皇家は神から日本の指導者であると認められた神聖な家系です。だから天皇家は神聖な象徴としてのみ存続していたのです。ついこないだまで、私たちが日本に来て六年になりますが、この国に、天皇という権威が存在することすら知らなかった。これにひき換え、徳川は巨大な武装集団です。二百数十の大名を従える支配者でした。それだのに、武力を持たない天皇がなぜ政権を獲得できたのかが分からないのです」

ミドン師は、うなずいた。

「マラン神父、徳川に対抗する大名が天皇の復権《ふっけん》を企てたのが今回の変革だといいます。支配者とその政治体制が変革すると、新しい統治者、新しい政治体制が生まれる、つまり革命が起きたと受け取ってしまいますが、日本の現実は、そうではありません。新しい統治者として古代からの神の権威を受け継ぐ天皇を、政治体制の中心に据えることで、新しい時代を切り開こうとしているようです。ですから、日本で現在起きている状況は、革命ではなく、ある種の変革でしょうね。この変革は、新しい政治体制をめざしていますが、古代の天皇体制に回帰するという複雑な一面があるのです」

「よく分かりました。日本には天皇と将軍という二つの中心があったということですね。それと今の話で、今回の変革が、なぜ、王政復古というかが見えてきました」

「それはそれとして、私たちにとって最も関心があるのは、キリスト教信仰の自由であります。ですが、この告示は、信仰を厳禁するとしています」

「王政復古とは、天皇を最高の権威とすることでしょう。天皇は神と結びついている。この神を最も神聖なものとするのではないでしょうか。そしてその神は、私たちの信仰する神とはまるで違います。だから、人民がキリスト教を信仰することを許さないです」

「天皇の神とは、どういうものでしょうか」

「ミドン神父、天皇の神とは、日本の神のことです。その神は、大勢います。自然を作り出し、日本の島々や、日本の人民を生み出したのです。だから日本の神は日本人と一つにむすばれているのです。しかし、私たちの神は、日本人だけの神ではありません。しかも日本の神々が大勢いるのに、私たちキリスト者の信じる神は唯一の存在です。そして愛を説く教えです」

「日本の神は、愛を説きません。日本の神々には、自然を動かすはたらきがあります。人々はそのはたらきを拝むのです。人々は願いをこめて拝むと、良い結果がもたらされると信じています」

「日本は神国だと言う人もいます」

「日本の神を祀っているのが神社です。神社は私たちの教会とは異なります。神社で説教が行われることはありません。神社は村のものです。村に平安をもたらすとして『鎮守《ちんじゅ》』といわれます。神社で行われるのは『祭礼《さいれい》』です。祭礼は神話に基づくもの、農作物の豊穣を祈るものです。祭礼は村の住人が参加します。神社には村人を一つに結びつける役割があります」

「それは信仰と言うより、風習にちかいですね」

「日本の神についてわれわれが日本人に質問すると、だんだん漠然としてきて、神の姿が曖昧《あいまい》になります。日本人は神を信仰していません。ただ、神を敬っているのだと言います。しかし、神は日本人の生活に深く入り込んでいる。私たちが曖昧に感じるのは、キリスト教こそが唯一の正しい宗教だという物差《ものさし》で、日本の神を確かめようとするところにあるようです。日本の神は曖昧だが、しっかり存在しているのです」

「この曖昧さとどう向き合うかが、私たちの課題のようですね」

「徳川の時代には、キリスト教を信仰する者は逮捕され、厳しい拷問《ごうもん》が加えられ、信仰を捨てるように要求されました。それを拒むと死刑となったのです。これはなぜだったのでしょうかね」

「マラン神父、そのことについて私はこう思うのです。私たちキリスト教の神は、すべての人は、平等であると説きます。しかし、日本の社会には、身分があります。士農工商というのがそれです。これは単なる職業の分類ではありません。社会での地位を意味します。人々を支配する武士と農業を営む百姓が人間として同じ、平等であるとなると、社会の秩序が根本から崩れてしまいます。なぜかと言えば、徳川の体制は、人間には身分の差があるということを建前としても成り立っていたからです」

「これまで日本人は、すべて佛教の信者であるとされてきました。私は見たことはありませんが、寺院は人々が信者である帳簿を持っていると言われます」

「これから、私たちの伝道により、日本人の信徒が生まれると、徳川時代のような厳しい抑圧が加えられることになりますかね」

「マラン神父、現在のところ、その危険がないとは言えないでしょう。むしろ、その危険はあると考えるべきでしょう。神の子孫である天皇が将軍に代わった現在、日本は神の国となる可能性もあるでしょう。立札で明らかなように、キリスト教信仰が自由であるという保証は、ありません。ただ、時代の状況が変わってきています。それはこの国が鎖国状態《さこくじょうたい》を転換して諸外国と交流しはじめていることです。それにより、貿易が行われ、物も人も動いています。さらに諸外国に対する取り決めで、日本国内に居住する外国人のための教会運営も、信仰も自由だとされています。私たちが死刑になることはありません」

四月十一日朝、仙台。

青葉城から打ち出される番太鼓《ばんだいこ》とホラ貝の調べが、仙台の町々に響き渡った。藩士たちは、軍装してぞくぞくと登城する。

城中表の間で、鎧《よろい》に身を固めた仙台藩主《せんだいはんしゅ》伊達慶邦《よしくに》が戦勝を祈願し、伊達家の軍旗である日の丸を旗奉行《はたぶぎょう》に手渡した。石高《こくだか》六十二万石、東北最大の藩が行動を開始したのだ。

竹内寿貞は、正義隊の隊長として三十人ほどの戦士を率い、仙台市内長町《ながまち》の茂ケ崎《しげかさき》の大年寺《だいねんじ》に集結。寿貞たちは、鎧《よろい》を身につけることなく第一梯団《だいいちていだん》の戦列に入り行進した。仙台藩《せんだいはん》六千百余人の全兵力は、会津藩との国境《くにざかい》に陣を布いた。

五月二十一日、武州・砂川村。

「旦那、奇妙な奴を引っ捕らえたんでさあ」

「ただのネズミとは思えねえ」

「その野郎は、表にいるんでさあ」

農兵隊《のうへいたい》の若者数人が息を切らして勝手口に駆け込んできた。

農兵隊は、代官所が声をかけて生まれた村の武装組織だ。みんな小銃を手にしている。

いろり端で茶をすすっていた源五右衛門は、

「ちっとばかし騒がしいことだな」

苦笑をうかべて立ち上がり、表玄関へ廻った。

そこには農兵に取り囲まれ、藍色《あいいろ》の唐桟《とうざん》を尻はしおりにして股引《ももひき》を穿《は》いたこざっぱりとした中年の男が、神妙な顔で立っていた。

「なんだか知らねえが、まずは事の次第を聞かせてくれ」

「夕べ、四番組の留蔵《とめぞう》の家に、強盗が入って家人をおどかし、金子《きんす》を少々巻き上げて逃げてったんで、俺たちは今朝から隊列を組んで村の巡邏《じゅんら》にあたっていたんです。そしたら五番組のあたりの街道をうかがうように歩いてくるこの男を見かけたんでさ。こいつはね、俺たちの姿を見ると、眼をそらし、街道から畑道へ入っていったんでさ。街道を歩いているだけなら、よその村の衆かも知れねえ、だがこいつは足早に畑道へ入り込んだ。どうもおかしいぞと、後を追うと小走りに走り出したから、こっちも追っかけて流泉寺《りゅうせんじ》の墓地で捕まえたんでさ。どこの誰で、何をしてたんだと問いただしたんだか、何一つ答えねえ。そのくせ、驚いたり、怯《おび》えている風でもねえ」

源五右衛門が男に声をかけた。

「お前さん、どこから来たんだい」

「あっちからで」

「あっちってのはどこだい」

「江戸から、いけねえ、いや東京からです」

「お前さんは、何者なんだい」

「何者ってほどの者じゃありません」

「そいじゃあ、何しに俺の村に来たんだい」

「あちこち歩いている中に、ここまで来たんです。特に用事はない」

男は涼しい顔で返事した。

源五右衛門は、この男の背後に何かが控えている、この男はその何かの手先なんだと直感した。そこでいきり立っている農兵たちに話しかけた。

「これだけとぼけた返答してるんだ。肝っ玉がすわってるよこの男は、まあ、ただのネズミじゃあねえ」

「ずいぶん、ふざけた野郎だねえ旦那」

「俺が話を聞くことにしよう。身柄は俺が預かる。みんなご苦労だった」

農兵たちは、納得しきれない顔つきだったが、源五右衛門に頭を下げて帰って行った。

「足をすすいだら、座敷へ上がんな」

源五右衛門は男に言い捨てて奥へ入った。男はすぐに上がり込んで座り、源五右衛門と相対した。

「俺んとこは、代々名主の家だ。村のことを仕切っている。こちらの問いかけにはきちんと返答してもらおう。とぼけて見せても駄目だぜ。髷《まげ》は町人風にやつしているが、あんたの額《ひたい》には面ずれの跡がある。かなり剣術はやっていたようだ。俺も少しは剣術の心得がある。身のこなしからして侍《さむらい》に間違いはない。改めて聞こう。お前さん、名は何という」

「松村半兵衛《まつむらはんべえ》と申します」

男の言葉遣いが改まっていた。

「やはりお侍《さむらい》さんか。どこの人間なのですかい」

「あたしゃ、三条実美《さんじょうさねとみ》公の手の者です」

「三条さんてのは、お公家《くげ》さんじゃないか。侍の家来なぞいるはずもない。もしそうなら、京言葉を話すはずだ。でもあんたの言葉は江戸の言葉だ」

松村半兵衛は、うなずいた。苦笑しながら、

「実は官軍が江戸へやってきてから、三条公に仕えるようになった次第、その前は取るに足りない貧乏旗本《びんぼうはたもと》の端くれ、情けないが食うに困ってね。そこは余り詮索《せんさく》してくださるな」

「徳川の家来が、官軍に鞍替えしたってことかい。それで何しに来たのよ」

「新政府は、江戸を治めるのに東京鎮台《とうきょうちんだい》って役所を作った。三条公はその総大将。江戸の周辺の村々の様子を探索してこいといわれてやってきたんです」

「分かったよ。お前さんは、正直に話してくれたようだ。しかし、念には念を入れたい。三条様のところへ書面を出して確かめさせる。使いが帰ってくるまで、この屋敷に寝泊まりしてもらおう。ただずらかりたかったら、ずらかってもいいよ」

「よしなに頼みます」

松村は頭を下げて、砂川家のにわか客分《きゃくぶん》となった。

松村はすっかり打ち解けて、家族と共に三度の食事をした。

源五右衛門が大政奉還以降の多摩の村々の様子をかいつまんで聞かせると、松村は取り出した帳面にそれを克明に書き留めた。

それから三日ほどして、江戸から一人の侍が現れた。

「それがしは、三条家の用人の一人太田源治《おおたげんじ》と申します。三条の手の者、松村の不調法《ぶちょうほう》でお世話いただき、恐縮でござった。手前はお詫びとお礼を申しあげ、松村を引き取って帰らせていただきたい」

源五右衛門は笑顔で答えた。

「松村さんの話に嘘偽《うそいつわ》りがあるとは想いませんでしたが、世間物騒《せけんぶっそう》な昨今、大事をとって確かめさせていただきましたまでのこと。ま、おくつろぎください」

「三条公にも、あなたの念入りなお仕置《しおき》のことを伝えましたところ、非常にお喜びでした。これもご縁です。江戸へ戻るわれらと出かけませんかな。そうすれば、三条様に報告かたがた、あなたを引き合わせることもできます。いかがかな」

源五右衛門は計略《けいりゃく》が的中したとうれしかった。徳川が倒れて、新政府ができた今、これまでの仕来《しきた》り、役所の手順、人と人との結びつき、すべてが変わっている。それに新政府も、どこまで信用してよいかはわからない。だが、新政府の大物《おおもの》につながりができたのは心強い。

「三条様にお目にかかることができれば結構なことです。お供しましょう」

翌朝、三人は江戸をめざした。五日市街道《いつかいちかいどう》を直進、鍋屋横町《なべやよこちょう》で青梅街道《おうめかいどう》に入り、昼過ぎ、内藤新宿《ないとうしんじゅく》に到着。宿場は閑散として人気《ひとけ》も多くなかった。世間が騒がしく、庶民の旅は少なくなっているのだ。更に四谷見附から江戸市中へ入る。ここで洋服を着た官兵《かんぺい》が二人一組になって銃を担《にな》い、巡邏《じゅんら》しているのに出会う。甲州街道に道を採り、半蔵門《はんぞうもん》に達した。江戸城は目の前だ。白塗りの塀は、そのままに白いが、濠の法面《のりめん》には雑草が生い茂っている。荒れているのだ。こんな無様《ぶざま》な城は見たこともなかった。徳川の時代は変わったのだと、源五右衛門は知った。

桜田門《さくらだもん》の前を通り、日比谷《ひびや》を過ぎ、数寄屋橋御門《すきやばしごもん》近くの元の南町奉行所《みなみまちぶぎょうしょ》に設けられた東京鎮台へ到着した。

奉行所の門には、真新しい東京鎮台の表札がある。

中へ入ると雑然とした人の動きがあった。着物姿の人、袴姿の人、官兵の姿など、まとまった空気ではない。ざわついているのだ。

太田は勝手知った様子で、誰に断るでもなく、ずかずかと奥まった室内に入り、とある座敷に源五右衛門を案内した。

席を外していた太田が先に立って部屋に戻ってくると、その後ろには、狩衣《かりぎぬ》を着た三条実美が姿を見せた。かしこまって平伏《へいふく》する源五右衛門に手を挙げ、気さくに声をかけた。

「話は聞いたえ。大儀なことや。これからも頼んます」

源五右衛門は頭を下げた後、これが初めて見る公家なのかと、三条を凝視した。

「三条公は、おんさんとですか」

大声で叫ぶように、一人の男が現れた。小柄だが目つきが鋭い。髷が乱れている。かなりくたびれた袴だ。

「失礼、これは客人でありましたか、」

三条実美が、男を手招きした。

「いやあ、江藤さん、ええとこへ来やはったな。このお人は、多摩から来た砂川源五右衛門さん、砂川村の名主や。そしてこの江藤さんは、東京鎮台を治める六人の判事のお一人で民政《みんせい》と会計を扱われるお方や。風体《ふうてい》にはかまわん人やが知恵と勇気のかたまりや」

「おいが江藤新平《えとうしんぺい》たいね」

「砂川源五右衛門と申します。お見知りおきください」

「おいは、九州は佐賀の人間たい。江戸の地理、人情は知らん。ばってん、江戸の民政を仕切《しき》らんばいかんたい。ばってん、肝心の金のたらんとよ。はっきり言うぎ、なあもなか。そいに、役人も足りんとたい。なんでんかんでんなかと。わいの住んどっこの多摩の村々は物の有っとね」

江藤の質問は単刀直入《たんとうちょくにゅう》だ。

「江藤様、貧しくはありませんが、豊かとは言えません。横濱が開港になり、絹が売れていますので、少しは潤っております」

「村の産物はなんね」

「手前の村の主な産品は、桑苗《くわなえ》、蚕糸《さんし》、紬《つむぎ》、茶《ちゃ》といったところでございます。百姓はひたすら、畑仕事や養蚕、機織《はたお》りに精出しております」

「多摩と東京とは、どぎゃんつながりのあっと」

「奥多摩《おくたま》は檜原村《ひのはらむら》で産み出した炭は五日市街道を経て東京市中へ送り込みます。手前の住む砂川村は、その輸送の伝馬《てんま》で日銭《ひぜに》を稼ぎます。また、村の中を多摩川の水を取り込んだ玉川上水《たまがわじょうすい》が東京へ伸びております」

「よか答えたい。わかりやすか。あんたは名主として、何ばしようと役ば勤めとっとね」

「憚りながら、ふつつかではありますが経世済民《けいせいさいみん》を目途《もくと》といたします」

「そいば旗印《はたじるし》に、あんたは何ばやっとっとかい」

「村民の暮らしが成り立つような方策を立てることこれにつきます。さて、そのことですが、代官様に何度もお願いしましたが、お取り上げにならなかった一件があります」

「ううん、そりゃなんね」

「それは玉川上水であります。上水とは水を運ぶ水の道、この水の道を使わせて頂きたいのです。つまり、船を浮かべ、これに村の作物を乗せ、江戸まで運びたいのです」

「おもしろかね。船ね。船は便利か道具よ。おいも船で仕事ばしてきたことのあっけん、船の便利はよう分かるとよ」

「ご高察《こうさつ》、ありがとうございます」

「砂川君、船が走れぎ、その通行料として運上金《うんじょうきん》は払えるとね」

「充分に利益を見込めますから、運上金を納めることはできます」

「東京鎮台が何ばすんにも金の要る。ばってん、金が足らん。台所は火の車たい。そいけん、おりゃ、金の欲しか。そんことは考えてみるよ」

「ぜひ、よろしくお願い申します」

「お主の経世済民の方策は、なかなかのもんばい。機会《おり》をみて、砂川村に行ってみるよ」

江藤は大きく頷くと、さっと立ち上がり座敷を後にした。

「江藤さんは、こんな人。空《から》っ風《かぜ》のようなお人なんや」

三条公は笑っていた。

六月二十三日、武州・砂川村
五日市街道からガラガラと車輪の音が聞こえてきた。

源五右衛門は、長屋門の前に出た。二頭立ての馬車から、江藤新平が降り立った。

「いつだったやろうか、言うた約束ぞ。朝飯も喰うや喰わんで、馬車に乗ってここさい来た。東京からは、たいてい遠かったばい。わいの村がどきゃん処か見とうなってさい」

「ありがとうございます。私もきょうのお出でをお待ちしておりました。」

「まずは、座敷へお入り下さい」

江藤は、妻女が差し出した茶を一気に飲み干して、お代わりを所望した。

「江藤様、ご覧の通りの田舎家《いなかや》でありますが、多摩川の鮎と、わが家の孟宗竹《もうそうちく》のタケノコで、お昼を用意しております。それに今夜はわが家にお泊まり下さい」

「そぎゃんね。どっちでん、おいが好物《こうぶつ》たい。そいに泊めてくれるっとね。うれしかね」

江藤は、笑顔を見せた。それは無邪気な一人の男の笑顔だった。

江藤は、巧みに鮎をさばいて口に運ぶ。

「うんにゃあ、珍しか味ね。うまかあ」

盃を交わすと、一段と話は弾んだ。

江藤は、書棚に積んである多くの書籍を眺め、

「砂川君、あんたはただの名主じゃなかて、学問にも見識のあるごたっね」

「恐れ入ります」

「百姓に何ば一番してやるとがよかか」

「名主は、村人を束《たば》ねます。その眼目《がんもく》は経世済民、つまり村人の暮らしが成り立つように、さまざまな手だてを講じることでございます」

「うん。あんた、どこから、そぎゃん思うたと」

源五右衛門は、面を改めた。軽く頷くと、書棚から一冊を引き出した。

「大切なご質問には、真正面からお答えするのが筋かと存じます。青臭い書生談義になるかも知れませんが、申し上げます」

源五右衛門は、手にした書籍を開いた。

「これは佐藤信淵《さとうのぶひろ》の『経済要略《けいざいようりゃく》』であります。ここに経済の眼目が記されております。そして私も、これに従うことにしております。読み上げてみましょう」

経済トハ、国土ヲ経営シ、物産ヲ開発シ、部内ヲ富豊《ふほう》ニシ、万民《ばんみん》ヲ済救《さいきゅう》スルノ謂《いい》ナリ。故《ゆえ》ニ国家ニ主《あるじ》タル者ハ一日モ怠《おこた》ルコト能《あた》ハザルノ要務《ようむ》ナリ。若夫《もしそれ》経済ノ政《まつりごと》ヲ忽《ゆるがせ》ニスルトキハ其国《そのくに》必ズ衰耗《すいもう》シテ、上下皆財用《じょうげみなざいよう》ニ困窮《こんきゅう》ス。食物・衣類ノ足《た》ラザルニ及《および》テハ、万民皆天然《ばんみんみなてんねん》ノ本性《ほんせい》ヲ喪《うしな》フ

読み終えた源五右衛門は軽く一礼した。江藤は膝を叩いて、これに応じた。

「打てば響くと言うばってん、そりゃ、あんたのごたる人ば言うとばいね」

「江藤様、あなたには世間話をしても、だらだらと話の前置きをしても仕方がありません。あたしの言いたいことを申しあげましょう」

「源五右衛門さん、俺が性分ばのみこんだこたんね。そいがよか。その話て、どがんことね」

「あなたもご存じの玉川上水は、羽村から江戸まで、いや失礼、江戸じゃねえ、東京まで水を運んでいます。それは東京に水を送る六つの上水の一つです。その長さは十三里（約五十一キロ）、ここに船を浮かべて土地の産物を運ぶことができたら、多摩の村々の生活が豊かになる。これは昨日今日、思いついたことじゃありません。昨慶応三年（一八六七）十月に、作事奉行《さくじぶぎょう》に願い出たこともあります。担当しているのは上水方《じょうすいかた》のお役人です。親身になって願いの筋を吟味して頂き、水を汚さなければ、差し支えないという内々のご意向までも伺っておりました。しかし、今にして思えば、徳川様の屋台骨《やたいぼね》が揺らいでいた時でしたから、結局はお認め頂けないままに終わりました。その時に願い出た目論見《もくろみ》は、次のようなものです。まず、船を百艘《ひゃくそう》揃える。船の寸法は、幅四尺（約百二十センチ）

長さ五間半（約十メートル）。船には上り下り共に、十駄《じゅうだ》（約一千三百五十キロ）積み、一月に六往復する。船を操る人足は、下りで三人、上りは曳き船となり、三日がかりですから、九人となります。これの見返りとして一年に一千八百両の運上金と砂利百三十三坪三合（七百七十七立方メートル）を納めさせて頂きます。まあ、こういった目論見でありました。それと同じ内容で、お願いしたいのです」

「あんたも知っとろうが、俺《おい》は東京府の会計担当判事《かいけいたんとうはんじ》たいね。新政府は、形ばっかい、きまっとんばってん、どこも金の足らんとよ。何ばやるでん、金のない限り、手も足も出んばい。年間、一千八百両の運上金ないば、東京府でん良か数字よ。じっとして水ば運ばんで、、水に船を浮かべ、産物は運ぶ、そこから利益ば生み出すということね。三方一両得というわけたい。おもしろか。計画ばまとめて、東京府に提出してくんしゃい。俺からも話ばしとくけん」

「江藤様、これが実現すれば、村の暮らし向きは良くなります。お力添えは、よろしくお願い申し上げます」

「砂川君、くどかごたばってん、ちゃんと関係の村々の意見ばまとめ、船を走らせんにゃあ、何ばせんばいかんか、要領ようまとめて準備ばすすめるのがよかぞ」

源五右衛門は、うれしかった。通船については、新政府にわたりはついたのだ。今度こそは、思いがかないそうだ。

源五右衛門は、福生《ふっさ》の名主田村半十郎《たむらはんじゅうろう》を訪ね羽村《はむら》の名主嶋田源兵衛《しまだげんべえ》にも同席してもらった。この三人は、それぞれの村の名主であると共に、多摩川の維持管理に当たる水番人でもある。

源五右衛門が話を切り出した。

「まるでひょんなことから、東京府の会計判事を務める江藤新平様の知遇《ちぐう》をえてすっかり昵懇《じっこん》になったんです。上水に船を浮かべる話をしたところ、応援しようと請《う》けあってもらえました。私ども三人で、新政府に願い出たいと思います。相談させて頂きたいのは、段取りです」

半十郎がうなずいた。

「源五右衛門さん、お手柄《てがら》だったねえ。ご一新で船が走るとはね。さてこうなると、腰をすえてじっくり準備しなくちゃならないね。急《せ》いてはことをし損じるよ」

源兵衛がそれを受けた。

「半十郎さんのご意見はもっともだ。上水は、水を通す目的にだけ作られている。船を通すとなりゃ、場所によっては幅を切り広げたり、船をどこかにため置くためには、やはり上水を切り広げる工事が必要だ。もうひとつは橋だ。船の通行には、いまある橋の高さでは低すぎる。安全に船が通るには、橋を高くしなきゃならない」

源五右衛門もそれに応じた。

「源兵衛さん、お話はみんな大事なことだね。それによ、肝心の船は地元でつくらなきゃならないからな」

半十郎が手を打った。

「そうだね。その船だよ。俺はね、昨年、村の講の連中に連れられて、甲州は身延山《みのぶさん》の久遠寺《くおんじ》に参詣《さんけい》に出かけた。甲州街道を下って韮崎《にらさき》まで行き、そこから鰍沢《かじかざわ》の船だまりから、富士川通船《ふじがわつうせん》の高瀬舟《たかせぶね》で身延まで乗ったんだ。約十一里（約四十四キロ）の行程。川の流れが早いから一刻半《いっときはん》（三時間）で着いたよ」

「俺たちも、その鰍沢の船大工を呼んでくるといいな」

「ところで、上水の仕事は、徳川様のご家来衆が、そのまま引き継いでいる。みんな気心《きごころ》の知れた方たちだ。俺たちがきちんと根回《ねまわ》しをして、了解をとりつけるようにしなきゃ」

相談はとんとん拍子にまとまった。

八月十一日、駒ヶ嶺《こまがみね》。

仙台藩は、新政府軍と仙台領の南端・駒ヶ嶺で激突した。

寿貞と正義隊も、この作戦に参加した。

敵が一斉射撃を行った次の瞬間、木立《こだち》の陰から飛び出すのだ。新政府軍兵士は、三メートル近くに迫ってきた寿貞たちの姿を認めると、銃を投げ捨て、刀で応戦《おうせん》しようとする。幼いときから、刀が武士の魂だと教え込まれていた結果だ。自分の刀の柄《つか》に手をかけ、刀を抜こうとして、抜ききらないでいるその時、その一瞬こそ、攻撃の好機なのだ。

どのような打ち込みでもいい。

突くのもよし。

斬り下ろすのもよし。

横なぎに払うのもよし。

斬り上げるのもよし。

寿貞たちは、刀をふるった。

正義隊は、敵の第一陣を、難なく斬り崩した。

しかし、敵の砲弾が、炸裂《さくれつ》すると、密集していた味方の兵士たちが、吹き飛ばされて消えていく。

新政府軍の大砲の砲弾は、仙台藩士を打ち砕いた。

圧迫されて仙台藩は撤退《てったい》し、駒ヶ嶺は陥落《かんらく》した。ここから本拠地仙台までは、約五十キロ、仙台藩は窮地《きゅうち》に追い込まれた。

八月二十六日、仙台・青葉城。

藩主慶邦は、藩の長老・重臣を招集し、今後の方針を諮問《しもん》。降伏か抗戦かをめぐって、藩論は沸騰《ふっとう》し、収拾がつかなくなった。


九月八日。

慶應四年から明治元年と改まった。

九月十一日、仙台・青葉城。

十数日にわたる激論の末、仙台藩は新政府軍に降伏することとなった。

九月二十八日、仙台。

新政府軍千余人が青葉城に入り、東北戦争は終結した。この戦乱で、仙台藩千二百六十人の兵士が戦死した。

敗れた仙台藩は、新政府への恭順《きょうじゅん》を示すため、藩士の責任を追及することとなった。各隊の隊長たちは、そろって青葉城に出頭した。誰一人悪びれてはいない。新政府軍の幹部が見守る中、藩の家老職が、獄舎《ごくしゃ》につなぐと宣告した。一筋、二筋、涙が頬を伝わる。寿貞たちは、その場で白衣《はくい》を着せられた。そこから列をつくって市内の獄舎まで歩いた。せめてもの情けだったのだろうか、縄をかけらることはなかった。

仙台藩の獄舎は、藩校養賢堂《はんこうようけんどう》から遠くないところにある。四方を小さな堀で区切った高い武者塀《むしゃべい》の中に、四棟の牢屋が配置されていた。

寿貞たちは、武士専用の監房・揚屋《あがりや》に収容された。房内には、大中小の三種類の桶がある。それぞれ便器、飲み水、痰つば用に使われる。

獄舎での生活は、午前七時起床、午前八時朝食、午後四時夕食、午後六時に点呼がある。

食事は、一日に、玄米《げんまい》五合と汁物《しるもの》、それに漬け物が与えられる。

寝具は、薄い掛け布団、ムシロ一枚、それに杉材をタテ半分に割った半円の枕を使う。

入浴は、夏が月に六回、春秋は五回、冬は四回と定められてある。

同じ房にいるのは、仙台藩の友人たちだ。名目的《めいもくてき》に責任を取らされているだけなのであって、誰も犯罪を犯したとは思っていない。武士の誇りだけは、失いたくないという思いは一つだ。だから、寿貞はじめ数人の仲間は、従順に規則を守り、獄舎の生活に従った。

新政府への遠慮もあって、牢役人は、時に大声を上げて、囚人を叱りとばすこともあったが、ふだんは何かと心遣いをしてくれた。

揚屋で、寿貞はみんなと話し合った。話したいことは、山ほどあるからだ。

明治維新とは、何だったのかという疑問だ。それは薩摩・長州による幕府打倒の策略ではなかったのか。なぜ、官軍と賊軍《ぞくぐん》とに分類して、国内で戦闘を強行したのか。

これとは逆に、自分たちが信じてきた藩主への忠誠とは何だったのか。それは同時に、武士道とは、何だったのかという問いかけにもなる。

藩主は、何を意図していたのか。新政府の徳川打倒になぜ抵抗したのか。藩主の判断は、正しかったのか。藩が降伏すると、藩主の責任の肩代わりに、なぜ、自分たちが獄舎につながれるのか。

戦いに敗れた仙台藩は、今後も藩として存続するのか。武士は、今後も武士なのか。

そして、何よりも、寿貞自身は、何を人生の目的とするのか。

こうした疑問のいずれにも、明快な解答は出せない。しかし、明治維新の激動で、これまで大切とされてきた規範《きはん》がくつがえり、新しい規範が生まれ出ようとしている。

寿貞は、ひたすらに考え込む。同じ房《ぼう》の仲間とも語り合う。時たま、牢役人にどなられて、論議が中断することはあったが……。

何かになりたい。何かでありたい。それが何であるかはわからないのだが……。

いつになったら、この獄舎から解放されるのかも分からない。

そして、この獄舎の中に閉じこめられていることで、社会の動きから取り残されているのではないかとの焦りも感じる。

ここを出たら、しばらくは、自分を見つめ直してみようと、寿貞は思う。

単調な獄舎での日々、寿貞は心せわしい時を過ごす。

第二章　明治二年・明治三年

明治二年九月十九日、武州・砂川村。

源五右衛門は、羽村《はむら》の名主島田源兵衛《しまだげんべえ》、福生村の名主田村半十郎《たむらはんじゅうろう》と、玉川上水通船について、最終の願書を提出しようと打ち合わせた。

源兵衛が問いかけた。

「源五右衛門さん、あなたが根回《ねまわ》ししてくれたおかげで、役所も乗り気になってくれている感触《かんしょく》だ。俺たちが差し出す願書で、許可になるのは間違いないと思うが、どんな案配かね」

源五右衛門はうなずいた。

「ひょんなことから昵懇になった江藤新平さんは、頭のまわりも早いが、手がけることも早いというもっぱらの噂だよ。あの人が、請けあってくれてるからには、大丈夫だと思うがね」

半十郎が笑顔をみせた。

「源五右衛門さんよ、あなたの仕事も手早いな。俺はすっかり安心してる」

源五右衛門が問いかけた。

「お二人に聞きたいんだが、船が走ると、俺たちの村から何を運ぶだろうか」

「源五右衛門さん、俺たちの村には、農作物しかないぜ」

「そうなんだ。それしかない。それを運ぶしかない。気になるのは、その運んだ農作物がゼニになるのかどうかだ。もし、それがゼニにならないとなりゃ、何のための通船かということになる」

「半十郎さん、俺はね、俺たちの村で取れた生きの良い野菜や、卵を安く届ければ、東京の人は必ず買ってくれる、そうに違いねえとは思ってるんだ。だけどそれが心配なんだ」

「源五右衛門さん、俺もそうなんだ。野菜が売れなきゃ、村の衆に顔向けができねえ。村の暮らしが良くならなきゃ、困るんだ」

「心配してもきりはない。腹をくくって船を走らせなきゃね。船が宝船になることを信じよう。何せ、玉川上水に船を浮かべるのは、俺たちの悲願《ひがん》だったんだから」

三人で何を書面に書き込むかの下話《したばなし》をすすめ、源五右衛門が筆を手にした。

乍恐以書付奉願上候《おそれながらかきつけをもってねがいあげたてまつりそうろう》
玉川御上水船筏通行御免被仰付被下置候様仕度左候得《たまがわごじょうすいせんばつつうこうおゆるしおおせつけられくだしおかれそうろうようつかまつりたくさそうらえ》ハ武蔵野村々《むさしのむらむら》ハ運輸之労《うんゆのろう》ヲ免《めん》シ
御府内《ごふない》ハ諸色下直《しょしきげちょく》ニ相成往々甲信両州迄《あいなりゆくゆくこうしんりょうしゅうまで》モ相響莫大之御国益《あいひびきばくだいのごこくえき》ト奉存候《ぞんじたてまつりそうろう》
明治二巳年《みどし》九月
玉川上水元　羽村名主　源兵衛

福生村名主　半十郎
砂川村名主　源五右衛門

玉川上水通船により、沿岸の村々は、東京市中から購入していた肥料の価格も下がる他、村へ流入する物資の価格も安くなることで、関連する山梨、長野までを含め極めて大きな国の利益を得ることができると強調し、通船は船百艘で運航すると付記した。


二月七日、甲州・鰍沢《かじかざわ》。

源五右衛門の姿は、氷雨《ひさめ》の中、甲州・鰍沢にあった。ここは富士川水運の拠点である。鰍沢から駿州岩淵までの十八里（約七十二キロ）を結ぶ。信州、甲州から幕府への年貢米を下り船に積み、上り船は塩などの海産物を運んで、約三百艘の高瀬舟が運航している。船だまりでは、船頭や船子が、積み荷を納屋《なや》に運び込んでいた。

源五右衛門は、とある納屋を訪ねた。

「何か御用ですかな。主人の天野屋勘兵衛《あまのやかんべえ》です」

物静かな初老の男が声をかけてきた。

「申し遅れて失礼しました。私ことは、武州からやって参りました砂川村の名主砂川源五右衛門と申します。突然の来訪でありますが、こちらの丹那衆のお知恵を拝借しにまいりました」

「ほう、それはそれは、では座敷へお上がりください」

納屋に隣接した屋敷、その座敷からは、鮲沢の川港が一望できる。

源五右衛門は、居住《いず》まいを正して一礼した。

「突然のお願いです。手前どもは、多摩川から東京市中へ水を送っている玉川上水に船を浮かべ、荷物と人の運搬を手がける予定であります。船の手配、船頭の確保、船の運航、これらにつき、全く経験がありません。お知恵を拝借するだけでなく、人の手配についてもお願いしたいと存じます」

勘兵衛は、おかしそうに笑みを浮かべている。

「いやあ、お話しは、船仕事の一切合切《いっさいがっさい》をひっくるめて面倒見てくれないかということのようですな」

「その通りです」

「あなたはおもしろいお人だ。私天野屋にも、いささか人を見る眼はあります。話に乗りましょう」

「ありがとうございます」

「船を走らせるには、船がいる。船は持ち運びできないから現場で造らなきゃならない。それには船大工がいる。腕の良いのを四五人お貸ししましょう。この連中が、そちらの大工をしこめばいい。船を走らせるには、船頭《せんどう》と船子《ふなこ》がいる。一艘の船に船頭一人、船子二人が必要です。これには六人回しましょう。身柄を引き取ってください。最後は番頭役です。船を運航する段取り、荷物の引き受け、運賃のやりとりをこなします。船が順調に運航され、利益が出るかどうかは、この番頭役の腕次第。これは一人、お貸ししましょう。そちらの人が要領をつかんだら戻してください」

「ありがとうございます。良いお方におめにかかれて助かりました」

「源五右衛門さん、鳥が飛び立つような急なお話、しっかり片付けましょう。早速、人を選んで、四五日のうちに砂川村へ差し向けましょう」

話がまとまると、勘兵衛は、手を叩き、酒を持ってくるようにと家人に伝えた。


二月十六日、武州・砂川村。

「お頼み申します」

大声が聞こえてきた。

源五右衛門が玄関先へ出てみると、十数人の旅姿の男たちがいた。大八車《だいはちぐるま》三台に、さまざまな道具が積んである。

「初めてお目にかかります。手前どもは甲州・鰍沢の天野屋勘兵衛より、こちら様のお手助けを致すよう申しつかりました船大工と船頭衆どもでごいす。昨朝、鰍沢を出立し、急ぎ足でまいりました。申し遅れましたが、手前は番頭の政助《まさすけ》でごいす」

「おお道中《どうちゅう》ご苦労のことだったね。皆の衆の来るのを指折り数えて待っていたんだ。とりあえず、座敷に上がっておくれ」

源五右衛門は、一同を招き入れると、

「皆には屋敷の別棟《べつむね》を空《あ》けてあるから、そちらで過ごしてもらいたい。政助さん、あんたには俺のそばにいて、勘定はじめ、仕事の段取りについて相談に乗ってもらおうかね」

「かしこまりました」

「あのう、旦那さん」

野太い声だ。

「はい、何だね」

「あっしは、船大工の富蔵《とみぞう》と申します。船を造るには水に近いところにそれ相当の場所が入り用なんです。こちら様にはどちらかご用意いただいておりましょうか」

「もっともなことだあね。上水のそばに農兵の調練《ちょうれん》に使っている三百坪（九百九十平方メートル）ほどの空き地がある。そんなもので足りるだろうか」

「それだけあれば充分でごいす。ところで船を造るには材木が要《い》ります。どちらで手に入れればよろしいか」

「ここから四里半（約十七キロ）ほど北西に五日市村があります。後ろに山を控えた材木屋で調達できる。材木は筏に組んで、そばを流れる秋川《あきがわ》から多摩川《たまがわ》へ落として流してくるから、隣の柴崎《しばざき》村で回収すればいい。富蔵さん、必要な材木の種類、寸法を書き出してくれ。すぐに使いを出して注文しよう」

「旦那さん、あっしたちは船頭の吉兵衛《きちべえ》ですが、船を操る竹竿が入り用です。長さ三間（約五・四メートル）の真竹《まだけ》が、船一艘につき三本は入り用となりますが」

「うちの竹藪は、孟宗竹が多いのだが真竹《まだけ》も調達できる。心配要りませんよ」

「旦那さん、それじゃ、材木さえ届けば、すぐにでも大工仕事にかかるとしましょう」

二月十九日、武州・砂川村作事場《さくじば》。

朝食を食べる源五右衛門の茶の間に、槌《つち》の音が聞こえてきた。源五右衛門は急いで着替え、裏手の調練場に出てみた。富蔵が差配《さはい》して残る三人が働いている。

「旦那さん、五日市の材木屋さんは、手早いです。材木は届きました。あそこに寝かしてあるのがそれです」

「やあ富蔵さん、いよいよ仕事だね」

「まずは、道具をいれる物置を造ってます」

物置小屋の骨組みはできていて、壁板を打ち付けている。そこにはもう道具が入っていた。目についたのはいくつものノコギリだ。

「富蔵さん、いろんな金物があるようだね」

「へえ、大工道具のマサカリや手斧《ちょうな》はご存じですね。船造りには特別のノコギリを使います。丸太から板を切り出すマエビキ、板を縦に引くガガリ、横に引くガンド、穴をあけるヒキマワシ、板と板とのつなぎ目をあわせるアイバスリなどがあります。それと船には船の釘を使います。使う場所によってマガシラ、オトシ、カイバタと三種類があります。この他、墨壺《すみつぼ》、曲尺《かねじゃく》、水平《すいへい》などの道具、細かい物ではノミも使います」

「いや、一度に聞いたって覚えられるもんじゃない。頭がこんがらがっちまう。さて船を造るには屋根の下でするかな」

「あれば、その方がやりやすいですが、屋根を掛けていたんじゃ間に合わない。露天で造るつもりです」

「船はどういう段取りで造るのかね」

「旦那さんから言われた幅五尺（一・五メートル）、長さ五間半（十メートル）の寸法にあった図面を引きます。その図面に合わせて底板を切り出します。厚さ一寸（三センチ）幅五寸（十五センチ）の板をつなぎ合わせるのです。これが船の基準となる底板です。船台《せんだい》と言ってもいいです。これを地面に杭《くい》打ちして固定し、次は船の横板、船縁《ふなべり》を打ち付けて完成です」

「一口に言ってしまうと、簡単なことのようだが、現場の仕事は気骨《きぼね》の折れることだろうよ。言い忘れていたけどね、俺の欲しい船の数は、二十三艘《そう》だ。頼みますよ」


三月十一日から十五日まで、玉川上水。

玉川上水の羽村の取水口をせき止め、全水路の水を抜いた。船の運航を確保するための整備工事だ。荷物や乗客の為に、船を係留《けいりゅう》する、船だまりを設置する。これは長さ十五間（約二十七メートル）、水路の幅を三間（約五・五メートル）広げる。船だまりは羽村に一カ所、砂川村に二カ所、四谷の大木戸に一カ所の合計四カ所整備した。船だまりのそばには、荷物を入れる納屋も造った。水路の幅が狭《せば》まっている箇所は、船がすれ違うために二間幅（約三・六メートル）に広げる。上水の両岸に船を曳《ひ》く際の船子の通路を確保する。橋の高さを水面から五尺に持ち上げ、船頭が操船する際の安全を確保する。水路全体で橋は三十以上あり、大仕事だった。

船頭の吉兵衛が、かしこまって源五右衛門の居室へやってきた。

「旦那さん、話があります」

「なんだい」

「船だまりができたのは、旦那さんもご承知の通りだ。できたからには、名前が欲しい。どういう名前にされますか」

源五右衛門が腕組みした。

「そうよなあ、確かに吉兵衛さんの言うとおり、名前がなくちゃ、格好がつかない。あの船だまりは俺の家の裏手にできたんだ。そうだ、裏手《うらて》だよな」

源五右衛門は天井を見つめて手を打った。

「裏手っていうのは、裏門《うらもん》の先にあるってことだよな。そうなら裏紋《うらもん》でいこう」

「旦那さんの言うことがあっしには見当がつきませんが」

源五右衛門は笑った。

「俺の独り合点じゃ、あんたに分からないのも無理はない。裏門の先にあるのは裏門じゃない。裏紋なんだよ。あのね、俺の家の紋所《もんどころ》には、表紋《おもてもん》と裏紋がある。その裏の紋所が良いんじゃないかと思うんだ。いや、また先走った。その裏の紋所は巴紋《ともえもん》なんだ。だから巴河岸《ともえがし》ってのはどうだい」

「やっと話がのみこめました。巴河岸ってのは、おさまりがいいですね」

四月十五日、武州・砂川村。

源五右衛門が朝食を終えると、

「旦那さん、いよいよ船を出せます。河岸へお出で下さい」

船頭の吉兵衛が声をかけにきた。

源五右衛門は羽織袴で身を整え、下男に四斗樽《よんとだる》を担がせて、巴河岸へ出向いた。

河岸は船頭はじめ船子で賑わっている。村の若い衆五六十人が、鰍沢まで出かけ、富士川で操船の実習を受けてきたのだ。みんなそろいの藍染めの印半纏《しるしはんてん》だ。背中には巴紋、巴河岸の文字が入っている。源五右衛門の持ち船二十三艘が勢揃いだ。野菜、茶、薪、木炭などが満載、船首に巴の印を染め上げた小旗が揺れていた。

「旦那さん、おめでとうさんです」

若い衆がそろって挨拶する。

「みんな、けがしないように船を動かしてくれよ。縁起物の御神酒《おみき》を持ってきたよ。一杯ずつやって出かけてくれ」

吉兵衛の乗る船を先頭に、一列になって船は動きはじめた。源五右衛門は腕組みして見送った。ようやく村と東京をつないだと、御神酒が口の中に広がった。


四月十七日、武州・砂川村。

最初の出船から翌々日の十七日、次々と船が戻ってきた。船子が二人、綱《つな》で船を曳《ひ》き、船頭が船で竿《さお》を握っていたという。

吉兵衛が笑顔で語りはじめた。

「玉川上水の水は静かだから、下り船は気持ちよく走ります。昼過ぎには四谷大木戸《よつやおおきど》に着きました。積み荷の野菜や茶、薪まで、市中の人が喜んで買ってくれました。日にちを決めて運んでくるなら待ってるよと声をかけられました。まずは幸先のいい船出です。よそ様の船もどんどん到着すると大木戸の船だまりのそばは、にわかに市場《いちば》が立ったようになって混み合いました。何せ百四艘の船が動きはじめたんです。荷物が売れていたのは、うちのだけじゃありません。どちらも商売になっていました。一方、上水をさかのぼる曳き船は、結構な力を入れなきゃ動きません。若い船子にはかなりの力仕事になります。上り船には、米、塩、魚の干物《ひもの》を積んで帰りました。下り船上り船とも、充分に利益は見込めます」

「吉兵衛さん、それはめでたいことだ。市中の人が喜んでくれりゃあ言うことはない」

吉兵衛が悪戯《いたずら》っぽく、

「船子の若い衆も、すっかりうれしくなっちまって、東京へ来たんだからさと、新宿の遊郭《ゆうかく》へ繰り込んじゃって朝帰りになったのも大勢いましたが」

「しょうがねえな。でもな、若いんだから、元気が良いのも悪くない」

第三章　明治四年

三月二十五日、横濱・聖心教会。

聖心教会には、マラン師、アンブリュステル師、ミドン師の三人が在住している。三人は司祭室で机を囲んでいた。マラン師、アンブリュステル師は共に二十九歳、パリの大神学院の同級生。五年前の慶應三年にそろって来日、日本の生活と日本語に習熟している。ミドン師は三十一歳、大神学院での年次が若く、二年前の明治三年に来日、日本語はまだおぼつかない。

主任格のマラン師が口火を切った。

「新政府が東京を首都として新しい政治体制を創《つく》り上げている中で、どのような布教を展開するべきかを検討しよう思います。この横濱の教会は、今から十年前の文久元年《ぶんきゅうがんねん》に創建されました。居留地《きょりゅうち》の中に住むわれわれ外国人のためという名目です。日本国内では、キリスト教信仰は、厳禁されています。ですが、日本人の信徒もぼつぼつ増えています。私たちの布教の目的は、日本人の信徒を生み出すことにあります。であるならば、この際、首都東京に教会を創るべきではないだろうか」

アンブリュステル師がうなずいた。

「東京の教会には賛成です。ですが、教会を創っても、政府がキリスト教信仰を禁止している中で、日本人信徒を獲得できるだろうか。もし、獲得できたとしても、日本人信徒が逮捕されたり、拷問されたりするようなことはないだろうか」

ミドン師がそれに応じる。

「われわれの働きかけにより、信徒になった日本人が、信徒になったばかりに困難を背負うのは避けるべきです」

マラン師が微笑を浮かべて、

「私たちの使命は、日本にキリスト教の福音《ふくいん》を伝えることにあるのは言うまでもない。それと同時に、信徒に迷惑が及ぶのを避けるのは賢明だ。この二つを解きほぐす方法を探し出せばよいのですよ。私は思うんだ。教会は創らない。教室を創るのはどうだろう」

「マラン神父、あなたは何を言い出したのですか」

マランは悪戯《いたずら》を思いついた少年のように、

「私は、民家を借り、フランス語を教える教室を開こうと思う。そこには、教会に必要な祭壇も設ける。そこで、集まった生徒たちには、寄宿舎のような生活をさせ、神の話をする。また、フランス語で聖書を学ぶ。祭壇で礼拝もする。日本の官憲が取り調べたとしても、そこはフランス語の教室だと言える。寝泊まりしているのは信徒ではなく、生徒だと答えればよい」

アンブリュステル師は手を叩いた。

「マラン神父、それはおもしろい考えです。やってみる価値はありますよ。」

ミドン師は、

「ともかく、取り組んでみることが大事ですね。私も賛成です」


三月二十八日、築地《つきじ》。

マラン師はミドン師を伴い、首都東京に伝道の拠点を設けるため、横濱天主堂から波止場《はとば》に向かい、連絡蒸気船稲川丸《いながわまる》に乗って築地へ向かった。

築地・鉄砲洲《てっぽうず》一帯に居留地がある。これは安政五年（一八五八）、徳川幕府がアメリカ・イギリスはじめ五カ国と通商条約を結んだ際、箱館・兵庫・神奈川・長崎・新潟五港の開港《かいこう》と江戸・大坂の開市《かいし》を約束した。しかし、幕末の混乱のため、江戸の開市はのびのびとなっていた。明治維新で、江戸が東京と変わった明治元年（一八六八）、新政府は、隅田川に面する鉄砲洲に軒を連ねる多くの武家屋敷を接収して在日外国人のための居留地を造成した。

居留地の周辺には、鉄砲洲川《てっぽうずがわ》、築地川《つきじがわ》が縦横に走っており、すべて水路で囲まれている。そして居留地につながる橋のたもとには、関門が設けられている。尊皇攘夷《そんのうじょうい》を叫ぶ過激な武士が、外国人を襲って殺傷することを防ぐための措置だ。

居留地は、一区から五十二区までに区分され貸し出された。そこには、新しい西洋風の建物がぽつぽつと建てられている。その屋敷には、西洋人の姿がちらほらする。ここの住人は、医師、外交官、教師、技術者、職人などだ。

横濱の居留地が貿易商を主体としているため、賑やかなのとは打って変わり、築地は物静かな街となっている。住み込む人が少ないため、空地も目立つ。

外壁を石組みと白壁で構成した二階建ての上部に、塔屋《とうや》を構成した運上所《うんじょうしょ》は、関税と、入国管理業務を担当。日本と外国を結ぶ窓口となっている。

アメリカ、イギリス、オランダ、ポルトガルの公使館には、国旗が掲げられ、特別な地域であることを示していた。そしてそれに隣接する町屋は、日本人との雑居地と定められた。雑居地《ざっきょち》には、西洋人の姿は見えない。

二人は築地周辺をあちこちと歩き回った。そして築地本湊町《つきじほんみなとちょう》、稲荷橋《いなりばし》のたもとの一軒の町家《まちや》を借り受けた。ここは東京市場区域内で、築地居留地に隣接しているため、外国人が日本人との話し合いで、家屋の貸し借りが認められている地区だ。

この家は、元来が商家だったのだろう。五間（約九メートル）間口の平家造《ひらやづく》り、表の店舗の他に、奥には座敷を入れて四部屋ある。すぐに横濱から祭具を一式運び込んだ。ところが天井が低いため、神父の頭がつかえてしまう。そこで入り口の店として使っていた床板を取り払い、土間すれすれに、床板を張り直した。「稲荷橋教会」の誕生だ。表には、日本語で「フランス語教えます・マラン」と表札を掲げた。食事や部屋の片付けには、近所の主婦に依頼、ともかくも、東京での伝道拠点は確保できた。マラン師とミドン師は、ここに生活しはじめた。

四月二日、東京市内。

家の中にいても、訪ねてくる信徒は一人もいない。マラン師は、ミドン師と連れだって気の向くままに足を伸ばした。

目の前に、賑やかな一画が現れた。ここは日本橋だと教えてもらった。

マラン師は、目を見張った。さまざまな様式の衣装をまとった人たちが、行き来している。女はあでやかな文様《もんよう》の着物に太い帯、浮世絵に見るそのままのようだ。藍染《あいぞ》めの着物に角帯《かくおび》、前垂《まえだれ》を締めた男たち。男たちは、通りに面してのれんを下げている商家に出入りしている。この男たちの頭は、ちょんまげのままと短く刈り込んだざんぎりの二通りだ。頭の上で、伝統と文明開化が渦巻いているようだ。

混み合う通りを馬車が走り抜ける。その中には、フロックコートに身を固め、ひげを生やした男がいる。傲然《ごうぜん》と群衆を見下ろしながら去っていった。

黒い詰め襟服に白い兵児帯《へこおび》を巻いた一群が現れる。兵士だ。教会の近所の人から噂は聞いている。京都から東京へ来た天皇を護衛する近衛兵《このえへい》だ。新政府が編成した最初の直轄兵力《ちょっかつへいりょく》で六千数百人がいるとか。

二人は、石組みの美しい江戸城の内濠《うちぼり》に沿って歩く。徳川の本拠だったこの城も、今は皇居に生まれ変わって、城門には、近衛兵が立って警戒していた。

この町には、いくつもの顔がある。

いつしか静かな屋敷町の中に入っていた。立派な門は閉ざされることもなく内部の様子を見ることができた。主人と思われる中年の男が、クワを振るって土を耕している。切り倒された松やツバキが積み重ねられ、桑の木や茶の木が植えられているのだ。何とも収《おさ》まりの悪い奇妙な光景だ。最近になって生じた変化のように見える。

マラン師はミドン師に目配せして屋敷内に入っていった。その気配に、男は顔を上げた。見慣れぬ二人の異人、男の額に困惑したしわが寄る。

「何か当家にご用でございますかな」

ミドン師と二人並んで頭を下げる。

「今日は、お邪魔をしていいですか」

二人の笑顔に、男の額からしわが消えた。

「はっ、いや、ま、ともかくもお上がり下さい」

二人は庭に面した十畳間へと導かれた。

床の間の刀架《かたなかけ》には大小二振りの刀、壁には山水画《さんすいが》が懸《か》かり、その下には香炉《こうろ》が置かれてあった。部屋の隅には、書見台《しょけんだい》と書籍が置いてある。

座敷から眺めると、畑や桑、茶の木は、手入してあった庭の風情をめちゃくちゃにしている。

高島田の妻女が、茶を運んできて、深く一礼して去った。

しばらく待つと着替えをした主人が現れた。一礼すると、

「拙者は、将軍家にお仕えしてまいりました旗本の一人でございます。すっかり時代から取り残されて、恥多い余生を送っておりますので、姓名を名乗ることは、ご勘弁ください。武士としては、主人徳川家に従い、静岡に行くべきであったのですが、年老いた病身の母がおりますことを口実に、住

み慣れたこの東京にとどまり、いたずらに日をすごしております。ご維新のあと、日々の暮らしにも事欠くことになって、庭を畑にして暮らしております」

二人は、主人の語ることをすべて理解できたわけではない。しかし、あらましは分かった。

さらに続いた主人の話を要約すると、明治維新で旗本は職を失った。一部は、徳川慶喜に従い、新たに与えられた領地静岡に移住したが、大半は東京に残った。しかし、生活難のため、旗本たちは屋敷を放棄するようになった。武家屋敷は、東京の市部の約六割を占める。新政府は、それらが空き家となって荒廃するのを怖れ、その対策として、需要がある桑や茶の栽培を奨励しているとのことだった。

二人して、神の教えを話すと、

「誠にご懇篤《こんとく》なお話で痛み入ります。何せ、キリシタン宗門は、厳しくご法度《はっと》と、積年《せきねん》申し聞かされてまいりましたし、わが家は旧弊《きゅうへい》な仏教徒でございますので、その儀はどうかご容赦《ようしゃ》ありたい」

とひたすらに拒むのだった。

ひとしきり、話し合い、二人は帰途につく。

立派に手入れされ、数人の士卒《しそつ》が警戒している屋敷もある。それは新しい支配者となった新政府の高官が接収した元の大名屋敷だ。

勝者となった新政府、敗者となった徳川の武士たち、時代の光は、その明暗を照らし出している。

四月五日、東京市内。

マラン師は、気さくな性分である。どこへでも出かけて行った。黒い帽子に法服《スルタン》、洋傘と聖書を手にして町から町へと歩き回った。人びとは、驚きと奇異の眼で見つめている。マラン師が帽子に手をかけて、

「みなさん、良いお天気でございます」

と挨拶すると、慌てて笑顔となり、会釈《えしゃく》を返してきた。見慣れぬ異人の口から、日本語が出てきたのが、納得《なっとく》いかない様子なのだ。

築地から川筋を歩いて行くと船着き場があった。小舟で佃島《つくだじま》に渡る。掘割《ほりわり》に小舟がひしめき合ってもやってある。魚の匂いと汐の香りが入り交じった町だ。漁師の住む長屋《ながや》の露地《ろじ》に、さまざまな小魚やエビ、貝を煮付けて売りに出している。マラン師は、日本へ出発する前に数日を過ごしたマルセーユの港の市場の賑わいを思い出した。

気がつくと、遠慮のない大勢の子どもたちがまつわりついていた。つぎはぎのあたった袷《あわせ》の着物に帯を締め、わら草履《ぞうり》を履《は》いていた。

「伴天連《ばてれん》（神父）さんだよ」

「伴天連さんは、怖かないのかい」

子どもたちが叫び声を上げる。そしてどの子も好奇心に満ちあふれた眼を光らせていた。

マラン師は、横浜でもそうしていたように、

「今日は」

と、帽子を取って手に振った。子どもたちがどよめく。マラン師は語る。

「私は伴天連です。私はマランと言います。私は築地鉄砲州《てっぽうず》の、稲荷橋《いなりばし》のそばに住んでいます。なんでも聞きたいこと、習いたいことがあったら、訪ねてきて下さい」

子どもたちは、大喜びだ。気がつくと子どもたちの輪の外に、大人が数人、腕組みして眺めていた。きっと町の世話役《せわやく》と下役人《したやくにん》だろう。その顔にも敵意は見られない。

マラン師の前に、一人の子どもが手を出した。マラン師がその手を握ると、その子はさっさと手をつないで歩き出した。町の中を案内してくれるのだ。

掘り割りのそばに神社があった。「スミヨシ」と子どもが教えてくれる。このおかげで、町の暮らしぶりがどうなっているのか理解できた。

「伴天連さん、また遊びにきなよ。おいらのおっ母《かあ》が土産《みやげ》にこれをもってってくんなってさ」

他の一人が、竹皮にくるんだ佃煮《つくだに》を差し出した。

「ありがとう」

マラン師は、右手で十字を切り、両手を合わせて深く一礼した。隅田川の河口部の小島に、まぎれもない純朴な庶民が息づいている。また、近いうちにここを訪ねよう、心充たされてマラン師は帰途についた。

夕べの祈りを終えたあと、二人の神父のつつましい食膳に、贈り物の佃煮があった。箸につまんで、口に運ぶ。濃い味わいに、思わず顔をしかめる。だが、甘辛い風味と小魚のほどよい歯ごたえが口の中に広がった。米の飯との相性はよかった。

「素敵な食べ物をお与えいただき、ご加護《かご》に感謝します」

マラン師は、低く口の中でつぶやいた。

五月二十三日、東京市内。

二人は、朝の祈りをすませると、すぐに町へ出かける。やがて、靴が破れ、ズボンの膝も抜けてよれよれになってきた。マラン師は、近くの古着屋で職人の着用する納戸色《なんどいろ》の股引と草履《ぞうり》を手に入れた。横浜の聖心教会に戻れば、着替えもある、布教用の資金の手当ても手にできる。しかし、二人はそうしなかった。「歩く伝道」に専念したいからだ。

町に出て笑顔で挨拶すると必ず笑顔が返ってきた。しかし、神の話をすると、誰もが申し合わせたように、笑顔で首を横に振る。

なぜそうなのだろう。この国の人たちは、捉《とら》えどころがない。手応《てごた》えがない。二人の周りには、見えない壁が巡らされているように思えた。

五月二十七日、築地・稲荷橋教会。

樹木は若緑の芽を吹きはじめた。

朝、マラン師はミドン師と二人で朝の礼拝をしていると、表口に立って中の様子をうかがっている若者がいることに気づいた。好奇心と驚きを顔中に浮かべ、若者は礼拝の成り行きをじっと見ていた。

マラン師が手招きすると、物怖じせずに上がり込んできた。くたびれた紺絣《こんがすり》の着物、仙台平《せんだいひら》の袴、手にした風呂敷包みの中身は、書物のようだ。頭は総髪《そうはつ》、うっすらと無精《ぶしょう》ひげが伸びて、どこか幼《おさな》さが見える。

正座して二人に一礼する。若者の眼は涼しく澄んでいた。

「お尋ねしますが、フランス語を教えて下さるとは本当ですか」

マラン師が微笑で答える。

「その通りです。寝泊まりしてもよいですよ」

「それではお願いします。私は元仙台藩の医師鈴木亦人《またんど》と申します。私の家は、代々、医術をもって藩に仕えておりました。戊辰《ぼしん》の戦争の際は、奥羽鎮撫総督医員《おううちんぶそうとくいいん》として従軍しました。仙台藩が敗れ、悶々としていましたが、思い切って上京しました。横濱の居留地に行き、アメリカ長老派の宣教医《せんきょうい》へップバーン先生につき、眼科の研修をいたしました。一応の成果がありましたので、東京で職に就きたいと奔走いたしましたが、賊軍の仙台人というだけで相手にされません。生活費も乏《とぼ》しくなり、困り果てていたところです」

「鈴木さん、あなたが何であるかは問題ではありません。私は、学びたいというあなたの希望を受け入れます。」

「いいです。ここにいていいです。ここは小さな教会です。ここではみんな神様の兄弟です。分かりますか」

若者の顔がはじけるように輝き、大きくうなずいた。

教会のなかに、はじめて日本人が住みついたのだ。二人の神父は、朝夕の礼拝の行儀を教える。つぎに、若者には、横浜聖心教会の印刷所で作成された『聖教初学要理《せいきょうしょがくようり》』が渡された。

こうして亦人は、「稲荷橋教会」の最初の住み込み人となった。

十月二日、仙台。

竹内寿貞は、戊辰の戦で仙台藩が降伏したのに伴い、獄につながれていたが二年後には放免となった。ただ、賊軍の一員とされたことにより、新政府への就職の道は閉ざされている。致し方なく、県内加美郡《かみぐん》で幼少年相手に学塾を開いて生活の糧《かて》としていた。しかし、仙台にとどまっていては、将来の見通しは全く立たない。二十七歳となり、新しい都・東京へ出て新たな生活をはじめたいと考えた。まわりを見回すと、仙台から東京をめざす若者は後を絶たない。東京に新天地を見いだそうというのだろう。

寿貞も養子に出た弟の祐平と語らい、上京の腹を固めた。だが、金の余裕はない。思い切って大刀《だいとう》と脇差《わきざし》を売り、旅費に充《あ》てた。

寿貞は上京に際し、県と名を改めた藩庁へ届けを提出した。届を出す寿貞の心情は複雑だった。寿貞には、自分がどのような身分でいるのかと思う。藩に所属しているなら、俸禄《ほうろく》を与えられ、藩士の身分が保証されているはずだ。あの戦いに敗れ、藩士として罪に問われ、獄につながれたのだ。しかし、戦い以後、藩から俸禄を受け取ってはいない。とはいえ、藩と自分との関係が曖昧になってはいるものの、寿貞には、仙台藩士としての矜持《きょうじ》がある。寿貞は、その矜持を大切しておこうと思った。

寿貞は、市内新坂通りにある菩提寺《ぼだいじ》・荘厳寺《しょうごんじ》に詣でて、先祖の墓に別れを告げた。帰宅して机に向かい、筆を走らせた。

届

一、四番士族

一、父お扶持米拾六俵

一、実名玄孝《ふかよし》

一、実年弐拾八歳

洋学為修業向壱ヶ年御暇願之上《ようがくしゅぎょうのためむこういちかねんおいとまねがいのうえ》十月四日御県地発足《ごけんちはっそく》同十二日上着仕当時《じょうちゃくつかまつりとうじ》第拾六区芝源助町栗橋左清八等止宿罷在候《せいはちらにししゅくまかりありそうろう》

右之通書上申候《みぎのとおりかきあげもうしそうろう》　以上

四番士族有節嫡子
竹内寿貞

辛未《かのとひつじ》十月三日

県庁

寿貞は県庁を訪れた。応対に出た初老の役人は、届を手にすると、一瞬、戸惑いを浮かべた。それをもみ消すように何度か瞬き、

「書面は確かに受け取り申した。ご苦労なことでござる。道中ご無事に」

と会釈した。

寿貞も黙って一礼した。届を出すと、許可が出され、通行手形《つうこうてがた》が発行されることはないのだ。藩には藩士を束縛する規律はもはや消滅しているのだ。つまり、言い換えれば、届の提出は全く無用のことだったのだ。だからこそ、係の役人は戸惑ったのだ。時代が変わっているのだ。

この時、寿貞の胸に、矜持が沈んでいった。仙台藩に決別したのだと覚った。

十月十四日、仙台。

寿貞は両親に挨拶し、弟祐平《ゆうへい》を伴って家を出る。広瀬川《ひろせがわ》の大橋を渡ると東京へ通じる奥州街道《おうしゅうかいどう》の一本道だ。その距離九十一里（約三百五十七キロ）七十一の宿場を通って南下する。男の足で八泊九日の旅程《りょてい》だ。街道筋は、うら寂《さび》れている。通行手形を改める宿場役人の姿はない。時代は変わっているのだ。

二人は、足並みをそろえて道を急いだ。

十月二十二日、東京。

東京へ着いた。予定通り芝源助町《しばげんすけちょう》の清八方《せいはちかた》に宿をとる。寿貞は、届に書いた洋学修業に出てきたのではない。生活の糧を得るために出てきたのだ。では何をするか。あてがあって出てきたのではない。出てきて何とかしようと思っていただけなのだ。

寿貞は思いあまって、市内の散策に出かけた。宿を出て半時ばかり、東京城《とうきょうじょう》と名を改めた皇居のまわりに出た。半蔵門の前で、物売りの挽く大八車《だいはちぐるま》に乗る酔っ払い男を見かけた。

男は、「雲か山か呉《ご》か越《えつ》か……」と頼山陽《らいさんよう》の詩を大声で吟じている。よく見ると、それは寿貞のかつての部下の一人だった鈴木亦人《またんど》だ。

「おおい、鈴木君ではないか」

その声に鈴木も気づいた。

「やあ、これは珍しい。竹内隊長ではないですか」

亦人は、大八車から降り、寿貞の前に立った。中肉中背、色白の青年だ。

「君はどうして暮らしているのか」

寿貞の問いかけに亦人は、頭をかいた。頬が紅潮している。

「いやあ、実はこれこれかくかくしかじかと、歯切れの良い説明ができれば良いのですが……。でもいいです。妙な具合の生活なんですから……」

二人は、城の堀を見下ろす道の上に腰をすえた。

「私は、いや私だけじゃない、仙台藩、会津藩などの元藩士の青年二十人あまりが、なんということはなく、いつのまにか切支丹《きりしたん》の宿舎で暮らしているんです」

「いきなり、そう言われても皆目見当がつかない」

「無理もありません。しかしそうなんです。築地の町家一軒がそうなんです。『フランス語教えます・マラン』という表札があるところです。マランは、フランス人でカトリックの宣教師。切支丹の伴天連ということです。私は仙台から出てきて、何か仕事はないかと、歩き回りました。しかし、仙台の武士だというと、賊軍の一人じゃ駄目だと、どこでも断られました。それで、どうしようもなく町を歩いていた時、今言った表札を見かけて訪ねてみたんです。すると、マラン神父が顔を出し、住み込んでも良いから、入りなさいと入れてくれたんです。半信半疑だったんですが、宿泊はもちろん、近所の婦人がやってきて食事も作ってくれます。フランス語よりは、神様の話を聞いて下さいと言われます。神父と共に祈ります。実は教会なんですね。われわれの生活費や食費は、教会が負担してくれているんです。しかし、日本人がカトリック、つまり天主教を信仰することは禁じられています。ですから、もし、何かあった時は、ここは教会ではなく、フランス語を教える学校だということにしているんだといいます。それよりも私は友人二、三人に声をかけ、一緒に暮らすようになりました。表札を見て訪ねてくるのは、職も見つからず、喰うにも事欠く、東北の若い元武士たちです。私は話を聞いているうちに、カトリックの信仰も良いなと思っています。きょうは、少しばかり、神父から小遣いをもらったので、久しぶりに酒を飲んでしまいました」

寿貞は、霧の中から一筋の光が差し込んでくるように思えた。

「鈴木君、おもしろい。俺もそこへ連れていってくれないか」

「隊長、本気で言ってるんですか」

「手元《てもと》の金もわずかだし、仕事の当てもあるわけはない。当分、そこで暮らして、成り行きを考えることにしたいのだが……」

寿貞は亦人と、芝の宿舎に戻り、弟に俺は築地に行くと伝えた。

十二月二十三日、築地・稲荷橋教会。

寿貞は稲荷橋教会の住み込み人となった。青年たちは格別の規制を受けることなく、自由に暮らしていた。そこには旧仙台藩所属の青年たち七八人がいて温かく迎えてくれた。幾人かは寿貞が仙台藩正義隊の隊長を務めていたことを覚えていた。それもあり、最年長なのもあったのだろう。たちまち青年たちの兄貴分の扱いを受けるようになった。会津や盛岡出身の青年たちもそれにならった。寿貞の人柄から自ずとそうなったのだ。

教会の中は、自由だとはいえ、あくまで教会だ。朝夕の礼拝がある。時には教理《きょうり》の授業がある。青年たちは強制されない。しかし、三度の食事を保障されている身の上からして、無視するにはよほどの勇気が要る。だから誰もが参加していた。教会は、四間《よま》ある室に、体を接するように二十余人の青年たちが寝る。午前六時に起床、一斉に起き上がる。布団を畳んで部屋の隅に積み上げる。顔を洗って室に戻ると午前六時半、朝の祈りだ。

祭壇の前にマラン師がひざまずき、祈祷文を唱える。

天《てん》に在《まし》ます我《われ》らの父《ちち》よ

この後を青年たちがそろって唱える。

願《ねが》わくは
御名《みな》の尊《たっと》まれんことを

御国《みくに》の来《き》たらんことを
御旨《みむね》の天《てん》に行わるる如《ごと》く地《ち》にも行《おこな》われんことを
我《われ》らの日用《にちよう》の糧《かて》を今日我《こんにちわれ》らに与《あた》え給《たま》え
我《われ》らが人《ひと》に許《ゆる》す如《ごと》く我《われ》らの罪《つみ》を許《ゆる》し給《たま》え
我《われ》らを試《こころ》みに引《ひ》き給《たま》わざれ
我《われ》らを悪《あく》より救《すく》い給《たま》え
アーメン

大方の人は、すでに祈祷文を暗唱している。だが口ごもっている人も数人はいる。

午前七時、朝食。炊事を担当するのは近くに住む三人の主婦だ。台所では、一斗釜《いっとがま》に薪《まき》をくべて飯を炊《た》きあげる。一度の食事に二升五合《にしょうごごう》（四・五リットル）の米が要る。大鍋では、魚の切り身の煮付け、もう一つの大鍋では味噌汁が作られる。室内には、それらの入り交じった匂いが充満する。青年たちが三列に食膳を広げる。飯びつに移された飯をつぎつぎと椀によそう。魚の煮付け、味噌汁、漬け物が配られる。その席の中に、マラン師もミドン師も交じっている。話し声でざわめき、賑やかだ。

午前八時、キリスト教についての時間だ。食膳を並べ替えて、祭壇に向ける。青年たちは、一冊の書籍を手にして坐った。

マラン師が、

「もう一度、『聖教初学要理』の勉強をしましょう。皆さんが持っているのは、ブチジァン司教が作成した新しい書籍です。キリスト教、特にカトリックでは、神をどのように理解し、また信仰するかの基本が書かれています。これまでにも学んでいます。しかし、基本を繰り返すことは大切です。最初の天地人間のはじまりを学びましょう。私が読みます。

天主《でうす》と申奉《もうしたてまつ》るは、天地《てんち》の御主《おんあるじ》、人間万物《にんげんばんもつ》の御親《おんおや》にて、始《はじめ》もなく終《おわ》りもなき御物《おんもの》なり。
天地万物《てんちばんもつ》未《いま》だあらざる時《とき》に、天主《でうす》のみ在《ましま》すなり。此天主《このでうす》は、ぱてる、ひりょ、すぴりと、さんすと申奉《もうしたてまつ》る。父 子 聖 神《パーテル・ヒリヨ・エスピリト・サントス》と申奉《もうしたてまつ》りても、只御一性御一体《ただごいっしょうごいったい》にて在《ましま》す。

私たちの神は天主《でうす》と申します。この世に何もなかった時、天主だけがおられました。天主は、父と子と聖神と申しますが、それらは別々ではありません。一つのものであります。そして天主は、幸福の源であられ、総てのことをなされる万能の方であります。これは、簡単なことですが、簡単に理解することもむずかしいのです。亦人さん、あなたはここに書かれてあることを理解できますか」

鈴木亦人が答える。

「神が三人いるのではなく、神が三つの形をとって現れるというか、はたらかれるということだと理解しています。神は大元《おおもと》。子は神の独《ひと》り子であるイエス・キリスト、聖神《せいしん》は真理の御霊《みたま》、この三つは、私たちに働きかける天主です。天主は、この三つをひっくるめたかたです」

「そうです。そのとおりです。私たちは神の三つの品格《ぺるそな》として理解しています。神の三つのはたらきと考えてもよいでしょう」

寿貞には、理解しがたい。神が一体だということがだ。寿貞の理解では、神は大勢いる。神はそれぞれにはたらく。それが神だ。仏にしても、一体ではない。多くの仏がいる。寿貞が今、聞いているのは、これまで聞いたことのない神の話だ。すぐに理解できなくてもいい、やがて理解できるだろうと寿貞は思う。

小一時間、神の話が終わると、後は自由時間だ。なんとか職に就きたいと、あちこちに出歩いている者もいる。神父の話が理解できないと話す者もいる。教会にいるのは、三度の食事が保障されているからなのだ。そんな青年がいるのに、神父は分け隔てすることがない。

寿貞は、ここの空気にすぐになじんだ。

第四章　明治五年

四月十六日、武州・砂川村。

一通の書面が机の上に広げてある。

源五右衛門の表情は沈鬱だ。

玉川上水路《たまがわじょうすいろ》通船《つうせん》相開《あいひらき》候《そうろう》以来《いらい》追々《おいおい》船数《ふねかず》相増《あいまし》自然《しぜん》上水《じょうすい》不潔《ふけつ》ニ至《いた》リ東京府下《とうきょうふか》用水《ようすい》差支《さしつかえ》オヨビ候《そうろう》ニ付来《つききた》ル五月晦日《ごがつみそか》限《かぎ》リ上水路《じょうすいろ》通船《つうせん》差留《さしとめ》候《そうろう》条《じょう》船持共《ふねもちども》へ不洩様《もれざるよう》可相達候事《あいたっすべきそうろうこと》

大蔵大輔《おおくらたいふ》　井上馨《いのうえかおる》

玉川上水通船を禁止するとする、大蔵大輔・井上馨の名義で東京府に送られた文書だ。通船により、玉川上水の水が不潔になっていたことは、当然の成り行きだった。東京府は、上水の実地検査を行い、上水の水を水道水として使用するには、通船を差し止めるしかないという見解をとりまとめたのだ。

しかし、何の前触れもなく、突如として出された禁令に、源五右衛門は、言葉を失っていた。一昨明治三年四月十五日に開業となった通船は、わずか二年一ヶ月半で幕を閉じる。百四艘の船は、東京へ多摩の農作物を運び、村々に収益をもたらしていた。それが消えてしまう。

通船に関わっている船頭、舟子など五百数十人、荷物を扱っていた多くの人たちが職を失う。

名主として村の繁栄を念頭においてきた源五右衛門には、耐えがたい決定だった。通船は経世済民の有力な手だてだったのに。

ともかく、この禁止令を解除してもらうことだ。しかし、かつてのように政府中枢《せいふちゅうすう》に格別の知己《ちき》はいない。ひたすら正面から、再開を懇願するしかないのだ。

源五右衛門は、論点の整理に取り掛かる。

水道用水には、新しい用水路を開墾し、通船事業はこれまでの水路を利用する。通船禁止により、物資の流通経費が上昇して、生活が苦しくなる。通船事業者は、船や倉庫の売却をしなければならなくなり損失を受ける。

この三点にしぼり、関係二十か村の連名で書類を提出した。これに対し、東京府では、通船を行う限り用水の汚濁は避けられないと却下された。

源五右衛門はめげなかった。上水の水質改善のため新水路を造る場合、その経費は通船事業者が負担すると申し出た。しかし、申し出は許可にならなかった。

通船事業は、廃止に追い込まれたのだ。

六月初旬、築地・稲荷橋教会。

明治新政府は、キリシタン厳禁の政策を堅持している。それはカトリックであるとプロテスタントであるとを問わない。明治政府が、居留地にキリスト教各会派の教会の建設を認めたのは、居留地の外国人のためであって、日本人のためではない。しかし、現実に各会派の宣教師たちは、横濱居留地を拠点として東京でも日本人を対象として布教活動を行っている。これを黙って見過ごす訳にはいかない。当然、取り締まりを行って信徒を逮捕するべきだ。しかし、それをすると、在日外交団から激しい抗議にさらされる。今、キリスト教信仰の問題で事を構えるのは得策ではない。まずは、宣教師たちの活動の実態を把握しておこうとなった。

明治政府は、情報収集の工作員を各会派の内部に送り込むことを決意した。キリシタン諜者《ちょうじゃ》である。諜者は個別に送り出され、指定の連絡先に報告を行う。一カ所に諜者が二人送り込まれていても、諜者同士はお互いが諜者であるとは知らされていない。諜者たちは、信仰を求めていると装《よそお》ってそれぞれ教会の中に入り込んでいた。諜者には、キリスト教の教義を理解し、報告書を作成する能力があることが求められる。稲荷橋教会の動静も克明に報告していた。

報告　　　　　　　　　　　　　　　東郷《とうごう》　巌《いわお》

一、六月九日、東京在住ノマルシャル師ハ、長崎へ転勤トナッタタメ、当日出発ニ先立チ書生一同ヲ堂内ニ集メ、特ニ心ヲコメテ講話ヲ行ナイ、午後二時出発シマシタ。教会内ノ全員デ見送リ、高山直治良《たかやまなおじろう》ハ横浜マデ随行シテ別レヲ惜シミ、十四日ニ帰京シマシタ。

一、十一日朝、宮城県ノ関新六ト申ス者ニ面会致シマシタ。コノ者ハ、東京・築地ノ旧新島原遊郭《きゅうしんしまばらゆうかく》内の旧高見楼《きゅうたかみろう》、現在旅館営業ノ千年屋《ちとせや》ニ竹内寿貞ト同宿シテオリマス。竹内、関ノ二人ハ、信仰ヲシテイルコトハ表面ニ出サズ、世情《せじょう》ノ動向《どうこう》ヲ直接見聞スルタメ、教会外ニアリ、時々、教会へ参リ、牧師ト談話致シテオリマス。

一、十四日、昨日ミドン師ハ横浜へ行キ、本日帰京致シマシタ。

夜、竹内、関ガ教会へ参リ、先日ノ会議ノ結論ニヨリ、早速、教会運営ノ規則ヲ改メルヨウニシテハ如何ト、牧師ニ申シ出マシタ。

コレニ対シミドン師ハ、「間モナク司教《しきょう》モ上京サレルカラ、ソレマデハ従来ノ規則ヲ守ルコトニシテイタイ。横浜デモ意見ハマチマチデアリ、長崎茂四郎《ながさきもしろう》ヲ布教ノタメ各地へ巡回サセルコトニ取リ決メテイル」コノコトカラ司教ノ意向ヲ察スレバ、伝道ヲ専ラトシ民ヲタブラカスコトヲ第一ト致シテオリマス。

シカシ、東京地区ハ諸子ノ意見ノヨウニナルデアロウト思ワレル。又各開港場モソレゾレ状況ニヨリ勘案《かんあん》シ、遠カラズ諸子一同分担シテ布教スルコトガ必要デアル」ト考ヲ述ベマシタ。

一、十二日、イエス・キリスト生誕ノ像ヲ与ヘラレマシタ。

一、十七日、「聖母密行《せいぼみっこう》」トイフ中国語版ノ本ヲ与ヘラレマシタ。

コノ日ノ夜、教会へ参リマシタ際、〇戸俊《としゅん》、佐久間健治《さくまけんじ》ハミドン師ニ問イ糺《ただ》シマシタ。

「手モトニアル和綴ジ本ハ、スベテ安部《あべ》ノ著作シタモノトイワレテイルガ、安部ハ、神父ノ命令ヲ犯シタ罪人デアリ、コウイウ人物が書イタ書物ニヨリカトリックノ教理を修習スルコトハ、実ニ不愉快ナコトデアル」

コレニツキミドン師ハ、

「ソノ書物ニ書キ記サレテイルコトハ、神ノ聖理ニ外レテイルトイウモノデハアリマセン。従ッテ作者本人ヲ吟味非難《ぎんみひなん》スル必要ガナイト思イマス」

ト答エマシタ。更ニ両人ハ、

「安部新造《しんぞう》ハ、長年教会ニアッテ功績モ秀レテイルトシテ心ガ驕《おご》リタカブリ、司教ニ教会ヲ出ルコトヲ願イ、且又《かつまた》妻ヲ呼ンデ外宿致シ、教会ノ出入リヲ勝手気儘《かってきまま》ニデルヨウ許可シテ欲シイト牧師ニ申シ出タモノデアリマス。コノ申シ出ハ却下サレタバカリデナク、逆ニキビシク戒《いまし》メラレタタメ、コレヲ恨《うら》ンデ脱走致シ、政府ニオモネリカトリックハ奸邪《かんじゃ》ノ教《おしえ》ナリト訴エ、ソレバカリデナク神道《しんとう》ノ書ヲ著作シタトイウコトデ、誠ニカトリック宗門《しゅうもん》ノ敵デアルトイウベキデアリマス……」

ト申シ述べテオリマシタ。
一、十八日、マリン師ハ、東京ノ教会ヲ主宰《しゅさい》スルヨウ、司教ヨリ命ジラレマシタ。竹内ノ証人ニテ岩手県ノ本藤敬四郎《もとふじけいしろう》ト申ス者ガ教会へ入リ込ミマシタ。

以上

寿貞は稲荷橋教会の中にはいない。居留地に隣接する新富町の旅館千年屋に元仙台藩士の関新六と暮らしている。この千年屋はもともと高見楼といった遊女屋だった。明治元年、築地居留地が開かれるのにあわせ、外国人を対象とした新島原遊郭が造成され、三十八軒の遊女屋が店開きした。しかし、築地居留地の外国人の多くは、官吏、教員、宣教師などのため、利用することも少なかった。このため、明治四年、取り払いとなり、遊女屋《ゆうじょや》の建物は安価な旅館に模様替えしていた。

寿貞と新六の居室は、四畳半と六畳間の二間続きの和室、紅殻色《べんがらいろ》の壁が遊郭の名残《なごり》を留めている。マラン師は寿貞の落ち着いた人柄を見込んだ。教会での共同生活を離れ、自由に世間の情報を探り、教会にもたらす役割を託したのだ。そのための費用は、教会が負担している。教会とは別の場所が良いと、千年屋を選んだ。

寿貞と新六は、教会の運営についても、意見を述べていた。教会に住み込んでいる青年たちの食費をはじめ、総ての経費は、教会が負担している。住み込んでいる青年たちには、起床、食事時刻、消灯をはじめ、室内の整理整頓を求められている程度の規則が課されている。祭儀への参加、神学の講義の受講などは、自由とされている。このため、青年たちは、朝食がすむと、昼食まで、あるいは昼食後、夕食まで、自由に外出する者もいる。こうした状況に寿貞や新六は、教会が無料宿泊所になるのは好ましくない。青年たちが全員布教に出かけるように規則を改めるべきだと助言していた。

横濱教会の住み込み信徒の一人が問題を起こした。安部新造と言う。安部は妻も子もいる四十一歳。長崎で中国語の通訳として働き、カトリックの教理書『夢醒眞論《むせいしんろん》』を著述した大物《おおもの》の信徒だ。その経歴をふりかざし、教会の外へ出ることを願い、妻を呼んで外泊し、教会の出入りを自由にさせて欲しいと申し出たところ、厳しく断られたため、教会から脱走した。

後に残っている信徒は、神父の命令に従わなかった安部の著作で教理を学習するのは不愉快きわまりないと言う声が上がった。ミドン師は、書物の内容は、教理に外れているところはないから、問題にはならないと諭《さと》した。

六月二十一日、築地・稲荷橋教会。

マラン師とミドン師は食卓で向き合っている。

「ミドン神父、私は伝道のしかたについて考えていたんですがね」

「私も、この稲荷橋教会のあり方について意見があります」

マラン師は、笑顔をみせた。

「どうやら、二人で同じようなことを考えていたようですね。それでは、私の考えから申しましょう。現在、この教会には、青年たち二十余人が暮らしています。小さな教会ですから、これ以上の人を受け入れる余裕はありません。しかし、この教会の存在は、人びとに知られています。教会に入りたいという人には、断るしかありません。そして神の教えを聞きたいと言う人には、日帰りで教会に通って貰っています。教会の扉は、すべての人に開かれていなくてはなりません。そうなるとですよ……」

「マラン神父、そうなると、新しい広い場所が必要になる、そうじゃないんですか」

「そうです。そうなんですよ。その通りです。私は、この教会が発展して付属の神学校を作ればいいなと考えていたんです」

「大賛成です。それにはどうすればよいか」

「適当な場所を探せばいいんです」

それから数日後、

「マラン神父、良い場所を見つけましたよ。場所は麹町三番町《こうじまちさんばんちょう》、元の旗本亀井勇之助《かめいゆうのすけ》邸が空いていました。家の持ち主に聞いてみたら、貸してもよいとのことです」

「それはよかった。住み込みの青年たちにも、そのことを伝えましょう」

神学校は、ラテン学校と命名され、七十余人の青年学生が、初歩のキリスト教義の学習をはじめた。

七月二十三日、フランス・パリ外国宣教会。

ジェルマンは二十三歳で、ラングルの神学校からパリ外国宣教会の大神学院へ転校した。ラングル神学校のバンベール神父は、外国で布教にあたりたいというジェルマンの望みに応えて推薦しくれたのだ。

大神学院では、フランス各教区の神父の推薦を受けたおおむね十八歳から二十歳の篤信《とくしん》の青年たちでなければならない。信仰、学力、体力について審査を受け、適格と認められれば、入会が許される。ジェルマンの資質が優れているからと特別の計らいだった。

パリ外国宣教会《ミッシヨネール・エトランジエ・ド・パリ》（略称・ＭＥＰ）は、フランス語を母国語とする人たちが主体となり、アジアの諸民族への布教を推進することを目的としている。一六五八年に創立され、パリに本部が置かれている。パリ市七区バック通り一二八番地。これが本部の所在地だ。「バック」とは「渡し船」の意味。今はセーヌ川にかかるロワイヤル橋のある場所で、昔は渡し船が運航されていたことに由来する。会員は「渡し船《バック》」という言葉に、特別の意義を与えている。会員の宣教師たちは、神の愛の「渡し船」となって、遙かなアジアへと旅立つからだ。本部から発行される会報の名は、「バック通り《ルー・ド・バック》」と命名されている。

大神学院は全寮制だ。三年間に司祭となるのに必要な課目を学習する。神学、哲学、祭儀、ラテン語、教会音楽、キリスト教史、伝道史、アジアの歴史などである。アジア諸国の言語は履修しない。言語は、卒業後に派遣された各地で自主的に学ぶこととされている。

上級クラスに編入されたジェルマンは、すぐさま授業に取り組む。

初めての課業は、デルペシ神父による伝道史だった。教室は、大神学院入口左手にある殉教者の記念室だ。

「諸君は、本学院の所定の課目を履修すると、司祭《しさい》に任命される。ついで伝道に赴く地域が伝えられる。諸君は出かけるのだ。神の恩寵《おんちょう》を伝えるために生涯を捧げるのだ。そのほとんどの人は、二度と再び祖国フランスの土を踏むことはなかったし、今後もそうなるであろう。ある者は殉教者《じゅんきょうしゃ》として、ある者は病に倒れ、ある者は静かに異郷で生涯を終える。今、諸君の前には、殉教《じゅんきょう》した多くの先輩たちにゆかりの品がある。見てみよう、中国、朝鮮、インドシナで用いられた拷問の器具だ。鉄の鎖、釘抜き、首かせ、足かせ、刀剣のたぐいだ。また、これらの国で殉教した司祭、信徒の遺骨が納められている。よく見て欲しい。これらの器具には、司祭の命がかかっていたのだから」

二十人ほどのクラスの生徒は、じっと見つめる。これらの器具が自らに加えられる危険が現実にあるのだと神父は訴えているのだ。

「この掛け図を見てください。これは一八三五年、今から三十七年前のことです。インドシナ半島で伝道していたヨゼフ・マルシアン師は、釘抜きで全身の肉を引きちぎられて死去したのを描いたものです。アジアにおける伝道は、殉教と背中合わせなのです。これに対する私たちの唯一の武器は聖書です。諸君は聖書を頼りに小さな『渡し船』として荒れ狂う海原《うなばら》を航海することになるのです」

ジェルマンは、頬から血の気が引いていくのを感じた。目の前にあるのは、殉教という言葉にある美しさとはまるで違うものだ。拷問を行う人は、冷静にその器具を使って、最も効果的な苦痛を与えようとするのだ。拷問を受ける側は、名状しがたい肉の苦痛を受けつつ、神の恩寵を称《たた》えるのだ。それはイエス・キリストが十字架で味わった肉の苦痛と、神の恩寵が極限で交錯したことを思わせる。

ジェルマンは、心の中で対話する。感じることは恐怖だ。恐怖に打ち勝つには、神を信じること以外にはない。ジェルマンは思う。拷問の掛け図を見て想像する限り、恐怖から逃れられない。神を信じる心を信じる以外にはない。心とは霊魂だ。死ぬか生きるかの選択ではない。信仰か苦痛かの比較でもない。信じ切る以外に道はない。それが永遠に生きる唯一の道だ。

ジェルマンは気づいた。これは考えて解ける命題ではない。何事も起きていない状況のなかで、あるべき自分を想定しても仕方ない。そのような状況に直面した時に、何を頼りとするかを瞬時に選択しよう。そう思い定めると、気が楽になった。主イエス・キリストの後ろに従えばよいのだと心が落ち着いた。

第五章　明治六年

二月二十四日。太政官。

太政官（内閣）は、各府県宛の布告を発した。

府県ヘ布告

第六十八号

自今《じこん》諸布告《しょふこく》御発令《ごはつれい》毎《ごと》ニ人民熟知《じんみんじゅくち》ノ為《た》メ凡《およそ》三十日間《さんじゅうにちかん》便宜《べんぎ》ノ地《ち》ニ於《おい》テ令掲示候事《けいじさせそうろうこと》

但管下《ただしかんか》ヘ布達《ふたつ》ノ儀《ぎ》ハ是迄通《これまでどお》リ可取計《とりはからうべく》従来《じゅうらい》高札面《こうさつめん》ノ儀《ぎ》ハ一般熟知《いっぱんじゅくち》ノ事《こと》ニ付《つき》

向後《こうご》取除《とりのぞ》キ可申事《べくもうすこと》

この布告は、太政官から各府県に出されたのであって、一般国民に開示されたのではない。

この布告は、さっと読み流したのでは理解しにくい。だが子細に眼を通すと三項目の内容が含まれていることに気づく。

第一は、政府が地方官庁へ発する布告は、人民に周知徹底を図るため、三十日間、人民に便宜ノ良い場所に掲示するようにとのこと。第二は、地方官庁所管の告知は、これまで通りの方法でおこなうこと。第三は、これまで掲示してきた高札は、既に人民に「一般熟知」周知徹底しているから、取り払うことにする。

一見、政府が行う布告・布達の取り扱いに関する通知であるが、ここには重大な内容が秘められている。問題は、「従来高札面」である。これは慶應四年三月十五日に出された五枚の立札・「五榜《ごぼう》の掲示《けいじ》」を意味する。その三番目の立札は、

> **定一　切支丹邪宗門《きりしたんじゃしゅうもん》ノ儀《ぎ》ハ堅《かた》ク御制禁《ごせいきん》タリ若不審《もしふしん》ナル者有之《ものこれあら》ハ其筋之役所《そのすじのやくしょ》ヘ可申出《もうしでるべく》**
> **御褒美可被下事《ごほうびくださるべきこと》**
> **慶應四年三月　太政官**

とある。これを取り除くというのだ。つまり、キリスト教信仰が禁止されているのは、人民に周知徹底しているから必要が無いという理由からだ。キリスト教信仰の自由を認めるから取り払うというのではない。しかし、キリスト教信仰禁止の立札は、消えたのだ。

日本で最初のキリスト教信仰禁止令が出されたのは、慶長《けいちょう》十八年（一六一三）十二月二十三日、それから二百六十年目の解禁である。

この背景には、明治政府が諸外国と交流を進めようとする上で、国内のキリスト教禁止政策が大きな妨げになっていることがあきらかになったため、致し方なく信仰解禁へと政策の転換を図らざるをえないという状況があったのだ。


二月二十六日、横濱・聖心教会。

ペチェ神父が息を切らして教会に走り込んできた。うれしそうな表情だ。

「ブチジャン司教様、消えてしまったんですよ。本当にそうなんです」

「ペチェ神父、何があったんですか。何が消えたんですか」

プチジャン司教が静かに問いただす。ペチェ神父の息づかいが少し収まったようだ。

「私は、元町《もとまち》の高札場へよく行くんです。なぜかと言えば、あそこには、五枚の立札があります。司教様もご存じのように、その三番目の札には、キリシタン禁止であると書かれてあります。私はその札がいつになったら取り除かれるのだろうか、早くなくなる日が来れば良いと、始終眺めに行っていたんです。そしたらですね、どうしたことでしょう。昨日、立札はなくなっていました。もしかしたら、間違いかも知れないと思ってきょうも行ったのです。そしたら、やはり立札はありませんでした」

「ペチェ神父、あの五枚の立札を取り払う理由を書いた立札はなかったの」

「そんなものはありませんでした。プチジャン司教様、あの五枚の立札がなくなったということは、キリスト教信仰の禁止が解けたのではないですか。私は、主イエス・キリストを信仰する自由がもたらされたとうれしくなり、走って帰ってきたのです」

「禁止の立札がなくなったことは、自由になったと理解してもいいね。私もそうであって欲しいと思う。しかし、立札が突然消えたのは不思議だ。立札が消えたことは、日本の政府の政策に、何かの変化があったことは間違いないだろう。日本は徳川から天皇に代わっても、キリスト教禁止を受け継いできている。それは基本的な政策の一つです。それが変更になったのなら、はっきりそのことを国民に知らせるべきだ。だから、そこにはもやもやとしたものを感じる。でも、私はあなたが感じたように、キリスト教信仰の禁止は解けたのだと理解して良いと思う。私たちがはじめたラテン学校には、日本人の神学生が七十余人学んでいる。そのことは、政府も承知しているはずだ。しかし、政府はそれについて何も言ってはこない。つまり、黙認しているのだ。私たちは、今こそ積極的に日本人に対する伝道を活発にしよう。日本人のキリスト教信仰が禁止されていようとも、私たちは神の教えをこの国に伝えるために来ているのだから。私たちが日本人に働きかけて、日本の官憲が、それが違法だと干渉してきたら、禁止政策は継続しているのだ。しかし、なんの干渉もしてこないなら、信仰の自由は保障されていることがはっきりする。最近、そのような干渉・圧迫があったという話は聞かない」

ペチェ神父がプチジャン司教の手を握った。

「司教様、いずれにしても、立札は消えたのです。日本人への伝道に取り組みましょう」

四月半ば、フランス・パリ外国宣教会・大神学院。

日本教区司教プチジアンは、パリ外国宣教会本部宛、一通の電報を打った。

永イ迫害ノ時代ハ終ワッタ。コノ国ニ信教ノ自由ガモタラサレタ。今コソ吾《われ》ラノ宣教師ヲ第一陣トシテ十五名ノ派遣ヲ請ウ

パリの本部は、喜びに沸き立った。付属の大神学院院オズーフ院長は、全校生徒を集めて、電文を数回にわたり読み上げた。そのつど、聖堂に参集した神学生たちは、大きな拍手で応えた。聖母マリア像の前には、修飾灯火《シャンデリア》が点じられ、期せずして賛美歌の合唱が、大きなうねりとなって堂内に充《み》ちあふれた。

院長は、壇上から語りかける。

「諸君、きょう、この電報を手にすることができたことは、私たちカトリック信徒の者にとって大きな喜びであります。日本にキリスト教が最初に伝えられたのは、一五四九年、イエズス会宣教師フランシスコ・ザビエルによってであります。ザビエル師の播いた信仰の種子は、芽生え育ち、苗となり、若木となって育ったのであります。多くの大名、青年武士、農民たちの間に、神の御教《みおし》えは広まり、神学校《セミナリオ》も設立されました。しかし、こうした平安の時は、長くは続かなかったのです。ザビエル師の日本上陸後、三十八年目の一五八七年、豊臣秀吉による宣教師の国外追放、さらに一六一三年、徳川家康は、キリスト教の信仰を禁止しました。弾圧と迫害の冬の季節が訪れたのです。一六三七年から八年にかけて、九州島原の信徒たちが蜂起《ほうき》しましたが、幕府はこれを壊滅しました。その後、一六六〇年代には、お互いを監視する五人組と、仏教寺院が住民の戸籍管理《こせきかんり》を行ない、キリスト教信徒の取り締まりの制度が確立しました。暴き出されたキリスト者には、拷問と極刑が与えられました。キリスト者は、表面的に、すべて姿を消してしまったのです。一八六八年、日本では、将軍の支配する徳川幕府が倒れ、天皇が統治する新政府が生まれました。この政府は、神社の格式を引き揚げ、天皇を神とする宗教国家の建設を目指しているようです。キリスト教信仰を禁止するという方針を受け継いでいました。しかし、新政府は、西欧諸外国の抗議を受け、キリスト教信仰の自由を保障せざるをえなくなりました。扉は開かれたのです。それに先立って、私たちの仲間は、新政府の禁令にもめげず、神の教えを説き続けてきました。現在、私たちの司祭は、プチジアン師をはじめ十三人、伝道士二百二十七人、姉妹であるサン・モール会の修道女が六人、およそ一万五千人の信徒がいます。この信徒たちは、二百数十年にわたる厳しい禁令のもとで、信仰の灯を守り抜いてきた人たちです。特に、信徒の集中している長崎地方では、三世紀、七代経てば、司祭がやって来るという日本人伝道士聖バスチャンの予言を信じ続けてきました。今、七代の時を迎え、私たち伴天連が、日本へ渡り、信徒たちの熱い信仰に応えねばなりません。この輝かしい報せを諸君とともに分かち合い、神の栄光を称《たた》えたいと思います」

院長の訓話が終わると、熱烈な感謝の祈りが捧げられた。

神学生たちは、誰がこの第一陣の選抜にあずかり、信仰の扉の開かれた日本へ派遣されることになるのだろうかと、興奮に包まれていた。

六月七日、フランス・パリ・外国宣教会大神学院。

三十人の神学生が、司祭に任じられ、厳《おごそ》かに叙階《じょかい》の式典が行われた。その式典が終わると、それぞれに赴任先《ふにんさき》が告げられた。日本要員は、七人である。

ルブラン、シュテル、ラングレー、テストヴィド、レゼー、フォーリー、プロトウランド。

ジェルマンは、うれしさに興奮していた。かねて抱いていた日本への想いが、今こうして現実になったと、自らに言い聞かせていた。握りしめている両手が汗ばんでいる。

いつしか、日本へ派遣される七人は、一つの輪となり、お互いの栄誉を祝福しあい、伝道の未来を語り合っていた。とはいえ、誰も日本について、具体的なことは知らない。ただひたすらに自分たちの若さと、信仰の火を燃やして、道を照らしてゆければよいと思っていた。

六月三十日、フランス・パリ市内。

パリの空は、抜けるように澄み切っていた。

朝の礼拝を終え、ジェルマンは、独りで街へ散歩に出かけた。バック通り《ルー・ド・バック》から、セーヌ川の河岸まで足を伸ばす。並木が緑を濃くして、そよ風に揺れていた。

きょうがパリ在住最後の日である。一年前、信仰に生涯を捧げ、自らの命をアジアの地に託すと誓いを立てて、大神学院に転校した。今、その学舎を巣立ち、日本へ向かう。きょうはその壮行式が行われる。それは、思い出多いパリとの別れの日でもある。

白い雲が一つ、二つと影を落としている。ロワイヤル橋から見下ろす川面に、陽射しが無数にきらめいて流れていく。

在学中、何十度となく、この端を渡り、橋の欄干《らんかん》に手を置いて川面《かわも》を眺めたことだったろう。ジェルマンはそっと欄干を撫でた。陽光に温まった欄干の温もりが、掌に伝わる。十七世紀末に架《か》けられたこの橋は、百年の風雪《ふうせつ》に洗われても、端正な姿を保っている。

橋の中程に立って上流に眼を転じる。左手には、ルーブル王宮、その手前には、二年前の一八七一年、パリ・コミューンの蜂起の際、炎上したチュイルリー宮殿が黒こげの廃墟となって無残な姿を晒《さら》している。

パリ・コミューン……。民衆の決起と激動の七十余日、その記憶は生々しい。パリは揺れ動き、傷つき、変化した。川の正面には、カルーゼル橋、芸術橋を隔ててシテ島が、水の流れを二分している。シテ島の住民約二万五千人が立ち退きを命じられ、そこに兵営や病院が建設されたのは、つい先ごろのことだ。

ジェルマンは、十字を切ってサヨナラした。セーヌのいつに変わらぬ流れに……。


午後三時、大神学院の鐘楼の鐘が高らかに響き、壮行式の開会を知らせた。

パリ外国宣教会本部の、最も崇高な儀式である。聖堂に音楽が流れる中を、教授と神学生百数十人が入場。所定の椅子に着席した。ついで、第二回日本派遣の七人の新司祭が、中央通路から祭壇に進み、跪《ひざまず》いて祈りを捧げる。終わると祭壇の前に立ち、堂内の学生・信徒に顔を見せた。

長老のシュワルツ司祭が演壇を前にして、

「諸君は、このたび司祭に叙階され、日本へ派遣される。おめでとう。私も、諸君と同じ年頃に、中国へ派遣され二十数年を伝道に明け暮れた。私は一人の先輩として、諸君に訴えたい。祖国を旅立ち、終生を異国の伝道につくすということは、天に召されるその瞬間まで、十字架を担《にな》うことを覚悟しなければいけない。諸君の前途に、どのような困難が待ち受けているかは、はかり知ることができない。悲哀と苦痛にさいなまれることの、いかに多いかは、私も体験した。とはいえ、悲哀と苦痛とは、決して肉体のそれではない。拷問や極刑によるのではない。むしろ自分が同じ人間同士、兄弟姉妹である無数の未信者を救済できないということによってである。神の声に耳を傾ける人が、一人生まれると、そのかたわらには、神を信じない数万人がいる。アジアの人びとに、神の福音を伝え、真の信仰に目覚めてもらうのは、容易なことではない。なぜ、人びとは、神を受け入れないのだろうと苦悩する。苦悩せずにはいられなくなる。これが、私たち海外宣教師の最大の悩みとなる。だからといって、諸君は失望してはならない。このような時にこそ、神の御心《みこころ》に従わねばならない。諸君は、イエス・キリストを真っ直ぐに見つめ、その導きによりひたむきに歩かねばならない。諸君は『巡回牧師《ミッショネール・アンビユラン》』と呼ばれる。『巡回《アンビユラン》』とは、主の僕《しもべ》として、主の御心に従い、その後をどこまでも歩いて行くことを指しているのだ。私は、諸君が自らの足で、日本の国の隅々まで歩き回り、天国への道筋を明らかにすることを祈る。

よろこびの音信《おとづれ》をつたへ平和《おだやか》をつげ、
善《よ》きおとづれをつたへ救《すくひ》をつげ、

シオンに向《むか》かひて汝《なんじ》の神は
すべ治《おさ》め給《たま》ふというものの足《あし》は、
山上《やまのうえ》にありて美しきかな

旧約聖書・イザヤ書第五十二章第七節

「この言葉をはなむけの言葉としたい」

長老は、七人の一人一人に手を差しのべ、祝福を与えた。長老の瞳が潤《うる》んでいる。

席にある全員が起立した。シャルル・フランソワ・グノー作曲の『旅立ちの歌』だ。

われは行く神の道を 神の御名《みな》を称《たた》えつつ
遙かなる異国の道 足が刻む神の御名
友と行く神の道は われらの足が生み出す
果てもなく歩く伝道 故郷《ふるさと》に別れを告げ
もう帰ることはないと　心に誓う

旅立つ時が訪れ　いざ行かん異国の道
マリアは一つの星だ　マリア マリア 愛の母
星が示す道筋を　ひたすらに歩いて行く

友と行く神の道は　汚れなき愛の小径《こみち》
果てもなく歩く伝道　故郷《ふるさと》に別れを告げ
もう帰ることはないと　心に誓う（拙訳）

聖堂の会衆《かいしゅう》は、この歌を繰り返し、繰り返し歌い、祭壇の前へと進む。起立している七人の前に、跪いてその足に接吻《くちづけ》し、立ち上がって次々に七人を抱き、その壮途を祝うのだ。

ジェルマンの両親が、手を取り合って歩いてくる。手にした数珠《ロザリオ》が細かく震えていた。父母は、息子の足をしっかりと抱き、

「神さま、私たちの息子をあなたに捧げます」

と祈った。父の声と母の声が重なってジェルマンに届いた。立ち上がった両親と固くジェルマンを抱擁し、その額《ひたい》に祝福の接吻をした。三人の瞳が、一つに結ばれ、無数の想いが交錯した。両親が去ると、ジェルマンは天井を仰いだ。天使たちに囲まれた聖母マリアの眼差しは、まさに母のそれと同じだった。

式典は終わり、七人は衣服を改めて、旅支度を調《ととの》える。会計係から日本での必要経費を受け取った。

七人は、本部を出てリオン駅から夕刻発の汽車に乗った。

南へ八百六十二キロ、ひたすらに汽車は走る。ジェルマンは、列車とほぼ平行して流れるローヌ川が、闇の中に沈んでいくのを見つめていた。やがて目をつむる……。

七月一日、フランス・マルセーユ市。

朝、列車はフランス第二の都市マルセーユに到着した。

　サン・シャルル駅構内は、活気に満ちていた。人びとの語調が、パリのそれとは違っている。パリよりは、きつく聞こえた。怒鳴り合っているのかと思ったが、そうではない。どうやらこれが活きのいいマルセーユ訛《なま》りなのだろう。

七人は、駅の左からアテネ通りへ出た。そこから街を南北に縦断するカヌビエール大通りを行く。大通りが海辺に達すると、そこは旧港の埠頭《ふとう》が並んでいる。

マルセーユは、紀元前六百年頃、フェニキア人が街を開いたという古い町だ。

クーロン岬とクロワゼット岬に抱かれた湾内には、旧港と新港の二つの港がある。港はマルセーユの心臓である。港が街の活力の源泉である。北アフリカ、中近東、アジアへ通じるフランスの海の玄関口として栄えている。特に四年前の一八六九年、スエズ運河が開通して以来、海上交通の拠点としての重要性が高まった。

旧港は、近海航路用の船舶と漁船群、新港には、遠洋航路向けの大型船舶が停泊している。

ジェルマンたちは、海辺のカフェに座って、朝食を注文した。

縁なし帽《ボン・ネ》を無造作にかむった男たちが、赤銅色の太い腕を振り、色とりどりのシャツ姿で歩き回っている。魚の匂いがプンとした。

法服姿のジェルマンたちに、

「神父さん、お早うさんです。きょうも良い一日を」

とすばやく十字を切って挨拶する。

マルセーユは、漁師の町でもあるのだ。

桟橋のかたわらに、数十の大きなパラソルがならんでいる。魚を直売する朝市の店だ。

そこでは女たちが、漁船の帰ってくるのを待ち受けている。漁船が相次いで港へつくと、女たちが、船から運び出される箱をすばやく受け取る。すぐさま、しかけてある台の上に、獲れたての魚を広げた。

「岩の魚だよ」

「イワシが着いたよ」

買い物篭を下げた人びとが、群がって魚を買い求めていく。

磯の香り。潮風。威勢の良い話し声。

ジェルマンたちは、濃いコーヒーを味わいながら、朝のひとときを過ごした。

旧港の岸壁に近く「フランス郵船会社《メサジエリー・マリティーム》」の事務所を訪ねる。隣接する他の建物と同じように、五階建ての石造りだが、屋根の上に小さな望楼《ぼうろう》が二つしつらえてあった。その一つには、三色のフランス国旗、もう一つには、白地の四隅を赤い三角で、中央にMMといずれも赤く染めた社旗が翻っていた。

この社旗は四隅が赤いので、「隅赤《コアン・ルージュ》」と愛称されている。

七人が、事務所を訪れると、奥から一人の男が出てきた。

「お若い司祭様たち、お早うございます。私がマルセーユ支店長です。このたびは、日本への伝道、ご苦労様です。みなさまの運賃は、お聞き及びと存じますが、パリ外国宣教会本部から、既にお支払い頂いています。これが乗船券です。ご持参になったお荷物は、お預かりいたします。別送されたお荷物も積み込み、出港は、明日午前九時となります。では、ホテルへご案内いたさせます」

若い事務員の案内で、事務所の近くのホテルへ入った。海外伝道に出かける司祭たちの定宿《じょうやど》だという。飾り気のない昔ながらの商人宿といった構えだ。

初老の夫婦と年頃の娘の三人が出迎えてくれた。

「おめでとうございます。今夜は港の見える三、四階の室にお泊まり下さい。私が腕をふるって素敵な晩餐を差し上げましょう」

七人は、それぞれの室に入って休憩した。ジェルマンは、ベッドに横たわり、まどろんだ。

窓に叩きつけられるような音がした。ふと目覚めて窓際に行く。強い風に乗って、砂が一面に吹き飛んでいた。街路からも土や砂が立ち上っている。二、三百メートル先の桟橋《さんばし》は、砂煙の中に包まれている。港にもやってある漁船の帆柱が揺れ動き、街路に人影はない。窓を少し開けてみた。砂塵《すなぼこり》が顔に吹き付けて痛い。肌がゾクッとする。朝の光り輝く初夏の風景は、どこにもない。町は、山から吹き下ろす風の中になすすべもないようだ。

これがマルセーユの名物北東風《ミストラル》なのだ。今時分、この風はマルセーユをはじめ、プロバンス地方一帯を吹き荒れる。夕方になり、風は止んで、港は静けさを取り戻した。

ホテルの主人が調理した自慢のブイアベースは絶品だった。新鮮な魚を濃厚なスープで味付けしてあり、豊潤な味わいに満ち足りた。

フランス最後の夜。昂《たか》ぶる情感《じょうかん》になかなか寝付かれなかった。

七月二日、フランス、マルセーユ市。

みんな早起きした。町は眠っている。名残《なごり》の星を仰ぎながら、丘の道を急いだ。

丘の上には、ノートルダム・ド・ラ・ガルド大聖堂がある。岩肌を露わにしたあたりに、ビザンチン様式の円屋根《ドーム》が、聖堂を覆っている。その上にはキリストを抱いた聖母マリアの像が立っていた。マリア像は、マルセーユの海の守り神として、船乗りや漁師の熱い信仰を集めてきた。聖堂の天井には、マリアの守護を讃え、感謝して献じられた船の模型が数多く吊り下げられている。

ジェルマンが、ミサ聖祭を捧げた。

「聖なる母マリア、あなたはイエス・キリストの母なるが故に、マルセーユの人びとの母なるのみならず、いっさいの人間、未だあなたの御子イエス・キリストを知らない人びとにも、母であらせられます。私どもは、きょう、伝道の出発に際し、私ども航海の無事をお願いします。日本での伝道という大航海にも、あなたの守護により、多くの人びとをこの信仰に導き給わんことをお願いいたします。地獄から、この世に吹き寄せる危険な暴風のために、罪の海洋に難破することなく、天国の港に多くの乗客とともに、安着させ給わんことを……」

一行は、港をめざした。

新港のジョリエット埠頭には、フランス郵船のメンザレ号が停泊していた。船体は、煙突も三本のマストもすべて白一色に塗られている。「白い船《バトー・ブラン》」と人びとに親しまれている極東航路の専用船だ。

一八六九年、ラ・シオタト造船所で建造。千五百二総トン、長さ九十八メートル、幅九・七メートル、二気筒二百八十五馬力の蒸気機関を搭載、天候により帆走《はんそう》もする。

船は、荷役、見送りの人で混雑している。

船の事務長が、乗降タラップの下で待ち受けていた。乗船券を受け取ると、

「みなさんのスーツケースは、もう船室へ運び入れてあります。あ、ちょうど良いところへお見えになりましたね。あの荷役《にやく》を見て下さい」

木枠で梱包された衣装箪笥ほどの荷物が、一つ、また一つと船倉に積み込まれていく。

「あれは、みなさんのお供をする大切な荷物です。みなさまのパリの本部からご用命を受けて、積み込んでいます。中身はオルガンです。ルッソーの製品でありますから、末永く使えましょう。日本で、みなさんが教会を創《つく》られましたときに、これが素晴らしい聖楽《せいがく》を奏《かな》でるのでございましょうな。このほか、聖像や祭壇、それに聖典も積んでおります。私も、かの国に数多くの教会が生まれることをお祈りします」

ラングレー神父がジェルマンに、

「われわれ七人の中で、だれが最初に、あのオルガンを鳴らすことになるのだろうか」

と微笑みかけた。

ボーイが銅鑼を叩いて、出港の時が迫っているのを知らせる。

午前九時、出港だ。メンザレ号は、汽笛を長く長く響かせた。船はゆっくりと埠頭から離れていく。見送りの人たちが、埠頭にあって、船を仰ぎ見ている。手を振っている。

ジェルマンたちには、見送り人はいない。そういう規則になっている。

タグボートに曳かれて湾内中央に出たメンザレ号は、錨《いかり》を巻き上げて進みはじめた。

船が湾口に近づくと、丘の上の聖堂が全容を現した。

船橋《ブリッジ》にいた船長が、声高く甲板員《こうはんいん》に、聖堂への敬礼を命じた。甲板員が、船尾にはためく三色の国旗を、三度上下して敬礼をした。

ルブラン神父は、澄んだバリトンで、賛美歌を唱えはじめた。甲板にいた船客も、乗組員も、みんながそれに唱和する。

煙突からはき出される黒煙が、長く尾を引いて揺れる。船尾に白い航跡が渦巻く。

日本への旅ははじまったのだ。

船客は一等室三十一人、二等室十六人、三等室二十人、合計六十七人を収容する。ジェルマンたちには、二等船室が割り当てられたいた。

メンザレ号は、巡航速力九・五ノット（時速十七・六キロ）で航海する。アレキサンドリア、スエズ、アデン、セイロン島、シンガポール、サイゴン、香港、上海をへて横浜を目指す。

航海は平安な日ばかりではなかった。嵐の日も、時化《しけ》の日も、暑さに苦しんだ日もあった。


八月十五日、海上。

メンザレ号は、香港へ寄港。

八月十七日。海上。

香港出港。


八月二十二日、横濱。

出港以来、五十一日目に横浜到着。


九月十四日日曜日、横須賀造船所・横須賀教会。

ジェルマンの最初の役目は、横須賀の聖ルイ教会の主任司祭として、横須賀造船所に働く四十余人のフランス人技術者のために奉仕することだった。造船所構内の山の麓の小さな煉瓦建ての教会に信徒が集まってくる。

横須賀造船所は、慶応元年《けいおうがんねん》（一八六五）幕府が近代的な造兵廠の建設を構想し、フランス人技師に委嘱したのにはじまる。製鉄所、艦船の修理所、造船所、武器庫および宿舎などが計画された。このため、海岸に迫った山を切り崩し、海岸を埋め立て、平地に整備する工事が進んでいる。数百人の労務者が働いていて活気にあふれている。

ジェルマンがここに着任して最初のミサを執り行う日曜日だ。ミサはキリストの死と復活を思い起こす。キリストの肉体の象徴としてのパンと血とされるぶどう酒によって信徒がキリストと一つに結ばれる祭儀だ。

午前七時、正装したフランス人技術者たちが教会に姿を現す。その中には、家族連れも何組かいた。

ジェルマンは黒色の法服に身を包んで祭壇に立つ。
「あわれみの賛歌」を唱える。

主よ、あわれみたまえ。
主よ、あわれみたまえ。

続いて「栄光の賛歌」。

天のいと高きところには神に栄光、
地には善意の人に
平和あれ。

ジェルマンは、次の聖句を説教の題材に選んだ。

われ新《あたら》しき誡命《いましめ》を汝《なんじ》らに与《あた》ふ、なんぢら相愛《あいあい》すべし。わが汝《なんじ》らを愛《あい》せしごとく、汝《なんじ》らも相愛《あいあい》すべし。互《たが》いに相愛《あいあい》する事《こと》をせば、之《これ》によりて人《ひと》みな汝《なんじ》らの我《わ》が弟子《でし》たるを知《し》らん

ヨハネ伝福音書・第十三章三十四節

「神は私たち人間がお互いに愛しあうことの意義を教えてくださいます。神がわれわれに愛をしめされたように、私たちもお互いに愛し合うことが大切です。互いに愛し合うことは、とりもなおさず主イエス・キリストの弟子であることにつながるのです。故国にある皆さんの家族、親しき人を愛することが、神の愛につながるのです。どれほど遠く離れていても、愛があれば身近に結ばれていることを感じとることができるのです」

「信仰宣言」を唱える会衆の声が高らかに堂内に響く。

わたしは信じます。唯一の神、
全能の父、
天と地、見えるもの、見えないもの
すべてのものの造り主を。
わたしは信じます。唯一の主イエス・キリストを。
主は神のひとり子、

「平和の賛歌」、

神の子羊、
世の罪を除きたもう主よ、

われらをあわれみたまえ。

ジェルマンは、小さなパンの一片を、信徒一人一人に手渡していく。信徒は、そのパンを口にする。聖体拝領《せいたいはいりょう》だ。

ジェルマンは、会衆に向かい、

「日本に新しい技術をもたらすために働いているみなさん、みなさんは、母国を離れ、この国の人びとの幸せのために日々を送っています。全てのものの造り主である神は、みなさんの真摯な熱意を温かく見守って下さいます。どうか神の御名をたたえ、神の心に添って暮らして下さい」

ジェルマンは、自らの語る言葉が、会衆だけではなく、まさに自らに語りかけているのだとも感じた。神の慈悲を素直にたたえる自らがうれしかった。ミサは終わった。

「神父さん、きょうの説教は、胸に響きました。私たちは、毎日の仕事に追われて忙しく働いているけれども、遠くにある故郷が懐かしい。故郷に帰る日を夢見て働いているんです」

話しかけてきたのは、四十過ぎのフェルディナン技師長だ。

「夜、宿舎の室で一人、故国に残してきた家族のことを思うと、たまらなく寂しい思いに駆られます。」

ジェルマンは答える。

「フェルディナン技師長、あなたの感じる寂《さび》しさは、一人で教会を預かる私も同じです。この寂しさは、家族への思いです。それはつまり、家族と分かちがたく結ばれている絆です。そして家族への愛です。私は家族を思う時、私と家族を結びつけている絆に、神の摂理を感じます。なぜなら神が私たちに愛を与えて下さったからです。愛を感じる時、私たちは孤独ではありません。神の御名を称える時、神が私と家族を優しく包んで下さっているのを感じます」

「神父さん、ありがとう。私も家族の写真を前にして、神の御名《みな》を称えることにしましょう」

「技師長、あなたはいつまで日本で働くのですか」

「私たちは、この国が近代的な船を造り出せるように、新しい船渠《ドック》を造りました。これで最初の船を生み出すのです。ですからこれから二年は働くことになるでしょう」


明治六年秋、冬、横須賀教会。

ジェルマンは、横須賀教会を一人で守る。三度の食事は、近くに住む老婦人に頼んだ。老婦人は、日本食しか作れない。パリの大神学院でも粗食だった。だからジェルマンは、努力して魚の干物や、煮付けなどの日本食になじんだ。

ジェルマンの望みは、日本人を相手に伝道することだ。そのためには日本語を不自由なく話せるようになることだ。最も身近にいるのは老婦人のおせいだ。おせいを教師に仕立てた。

ジェルマンは「これは何ですか」という片言を頼りに、

「おせいさん、これはなんですか」

「それは茶碗だよ」

「それはなんですか」

「それはお釜だね」

「あれはなんですか」

「あれは工場だね」

ジェルマンは、眼に入る物は何でも「これはなんですか」と質問する。

答えが返ってくると、それを即座にノートに書き留める。そしてフランス語で意味を書き添えた。

とりあえず、ひとしきり物の名前を覚えると、意味のある片言の学習に移る。

ジェルマンはヴァランタン技師長に狙いをつけた。技師長は、日本人技術者に日本語で話す。

ジェルマンは、船渠の中で働く技師長の手が空いているのを見ると、話しかけた。日本語の練習だ。

「技師長、私は横濱に行きます」

「神父さん、横濱から帰ってきなさい」

「技師長、横浜へ行く道を教えて下さい」

「横浜へ行くのには、この道をまっすぐ歩けばいい」

「この道はなんという名前ですか」

「神父さん、失礼、日本語の練習はそこまでです。私の本業の造船の指揮をしなければなりません」

ジェルマンは、町の中にも出て行き、日本人を相手に話しかけた。日本語を書き込むノートも一冊二冊と増えていく。

第六章　明治七年・八年・九年

明治七年六月六日、築地・稲荷橋教会。

「ミドン神父、ラテン学校の生徒たちも真剣に教義の勉学に励んでいます」

「それは結構なことです。しかし、もう一つ問題がありませんか」

「マラン神父、あなたの胸の中では、次ぎに取り組むべき事があるようですね。どうか聞かせて下さい」

「この教会の正面には『フランス語教えます』という表札があるのみです。つまり、これは、日本人のキリスト教信仰が禁止されているなかで、日本人に対する伝道をするための方法でした。しかし、今ではキリスト教信仰禁止が解かれています。ですから、私たちは、きちんとした教会であることを示す教会を創らなければいけないと思うのです」

「マラン神父、あなたはまさに、私の思いをそのままに語ってくれました。きちんとした教会を建てましょう」

それから数日後、
二人は、築地界隈《かいわい》を歩いていた。そして、いつしか居留地の中に入った。

「居留地の中は、まだ空いている処がありますね」

「ここなら土地を借りるだけですぐに建てられる」

「あの角の空き地はどうだろう」

「三十五番と三十六番の二区画は空き地ですね」

ミドン師が足を伸ばし、居留地を管理している運上所で聞いてきた。

「マラン神父、この場所は二区画とも私たちで使えます。合計面積は九百九十坪（約三千三百平方メートル）、教会としては充分な広さです」


七月二日、築地居留地・三十五番、三十六番。

土地の借用契約《しゃくようけいやく》と教会設立の許可を得て建築に取り掛かった。


十一月八日日曜日、稲荷橋教会。

マラン師は、日曜ミサに際し、住み込みの全員を集めて、

「私たちのこの稲荷橋教会は、今月で閉じ、築地居留地に新しい聖ヨゼフ教会が生まれます。

みなさんには、これまで既に何回かお話しをしてきたとおりです。新しい教会には、みなさんと一緒

に暮らす広さはありません。ですから、みなさんとの共同生活も終わらなければなりません。振り返ってみますと、ここに教会を創ったのは、明治四年の三月末でした。それから三年七ヶ月、私たちは、神の教えを学びました。それは忘れることのできない思い出です。みなさんは、ここを出てそれぞれに新しい生活の場を見つけて下さい。みなさんは、新しい教会にお出かけ下さい。そして主イエス・キリストの愛を、受け入れて信仰して下さい」

マラン師の瞳に光るものがあった。寿貞も思いは同じだ。神父たちは、誰彼のわけへだてなく接してくれた。情熱をこめて神の恩寵を語ってくれた。そして、決して多くはないが、小遣いを支給してくれた。寿貞は、神父たちがどれほど、善意に満ちて接してくれたかを思わないでいられない。しかし、寿貞は神を信じ切ることができない。では仏を信じるのか、そうではない。寿貞は、どうしても、自らの中にある武士の矜持を捨てきれないのだ。であるけれども、神父たちの厚意に報いるには、良い友でありたいと思い定めていた。

定宿にしていた旅館千年屋で、身の回りの僅かな品を整理した。

十一月九日、九段・練兵館

寿貞は、九段坂上《くだんさかうえ》の剣術道場練兵館《れんぺいかん》を訪ねようと思い立った。二十歳の頃、江戸勤務を命じられ、江戸城に近い仙台藩外桜田上屋敷《そとさくらだかみやしき》に居住した。その時、練兵館で二年間、剣術修行に励み、免許を与えられた。練兵館は斉藤彌九郎《さいとうやくろう》が創《はじ》めた神道無念流《しんとうむねんりゅう》の剣術道場。江戸の三大道場の一つとして名高い。寿貞はここで開祖彌九郎の長男新太郎《しんたろう》に学んだ。激しい稽古で心身を鍛えられた日々の思い出が浮かんできた。雪もよいの空の下を歩いて行った。

練兵館は静まりかえっていた。百畳敷きの稽古場から、竹刀《しない》を揮う男たちの雄叫《おたけ》びは聞こえない。時代は変わったのだと思う。寿貞は玄関先から声をかけた。

「お頼み申します」

少しの間を置いて、

「どおれ」

声と共に現れたのは、斉藤新太郎だった。顔を合わせると、

「いやあ竹内君ではないか。さ、入ってくれ」

奥の居間で二人は相対した。

「竹内君、戊辰の戦《いくさ》の後、君は獄につながれたか。ご苦労であったな。こちらの練兵館もすっかり様変《さまが》わりしておるよ。将軍様は、大政奉還の後、今の静岡県《しずおかけん》に移られた。それに伴い、旗本衆のいくらかは、そちらへお供して行った。かなりの者は、東京と名を変えた江戸に残っている。明治維新は武士のありようを根元《ねもと》から揺さぶったようだ。今さら剣術の技を磨き、精神を鍛えることはないとなったんだろう。道場は静かになった。若者が剣術に励んでいたのは、生計《せいけい》をたて武士の対面を保持するための便法でしかなったのかと寂しく思う」

「斉藤先生、恥ずかしいことですが、私も故郷を出る際、刀を捨てました。しかし、私の中には、武士の心根《こころね》が強く残っています。これからどうして身を立てれば良いか、思い悩んでおります」

「徳川が没落した今、君をどこかしかるべき処に推挙《すいきょ》することもできなくて申し訳ない。だがちょ

っと待てよ、武士の世界を頼りにせず、百姓に声を掛けるのも悪くないな。そうなんだ、この練兵館で学んだ君と同門の一人に、砂川源五右衛門という人物がいる。修行の時期がずれていたから顔見知りではないだろう。この人は多摩の名主だ。君と同様に、剣術の免許を持っている。豪胆《ごうたん》だが緻密《ちみつ》でもある。ここから少し遠いが、一度、訪ねてみてはどうかな。私からの紹介の書面《しょめん》を届けておこう」

寿貞はうれしかった。新太郎の心配りに感謝して道場を後にした。

十一月二十日、武州・砂川村。

寿貞は朝食を終えると、すぐに旅館・千年屋を出た。築地から祝田へ出る。旧仙台藩の上屋敷は、官庁に使用されているのか、門前には官服の人物が張り番をしていた。半蔵門で左折、四谷大木戸から新宿を経て甲州街道へ。鍋屋横町を過ぎて大法寺《だいほうじ》で五日市街道に入る。これから一本道だ。高井戸にさしかかると道はしばらく七曲《ななま》がりとなる。後は境、小金井、国分寺と、けやき並木をひたすら歩く。

午後三時過ぎ、砂川村に到着。

村人に教えられた源五右衛門の屋敷は、一町歩（一ヘクタール）はある。雑木林、竹藪、菜園、庭園をめぐらした敷地に藁葺き屋根の母屋《おもや》、別棟《べつむね》、蔵などを配置してある。

砂川家の玄関先に立った。

「お頼み申します」

寿貞の声に、

「どなたかな」

源五右衛門が姿を見せた。互いに見つめ合う。

「もしや、あなたは斉藤先生からご紹介の竹内さんではないですか」

寿貞は、頭を下げた。

「竹内寿貞であります。お初にお目にかかります」

「斉藤先生から手紙は、頂戴しております。よく遠路はるばるおみえになられた。何せ、われらは練兵館の門人同士ではありませんか。お上がり下さい」

源五右衛門は、いそいそと座敷へ招き入れた。

「あなたは、私より少し後で、練兵館に入られたようですな。道場の激しい稽古は懐かしい。あなたも、『突き』に励まれたんでしょうな」

「はい、その突きの技《わざ》に支えられて戊辰の戦を生き延びられました。ありがたいことです」

「竹内さん、私ども百姓家では、小昼時《こひるどき》のお客には、うどんでおもてなしします。とりあえず召し上がって下さい」

妻女が運んできた膳には温かいうどんが湯気を立てていた。そのほどよい温もりが身にしみて、寿貞は母の顔を思い浮かべた。

「砂川さん、これは美味です。思わず故郷仙台のわが家を偲びました」

「竹内さん、あなたのご事情は、斉藤先生からの書面で、あらかた承知しております。あなたはこれからどうする、あるいはどうしたいとお考えですか」

「私は武士の家に武士の子として生まれ、武士として育ちました。そして武士として働きました。それが武士の正義だと信じてのことです。その結果は武士として獄につながれました。獄にある間、私は考えました。武士とは何であるのかということです。仙台藩の武士として藩の命令に従い、戦に出て戦いました。その戦に敗れた時、私は仙台藩の獄につながれたのです。獄につながれたのは、戦に敗れたからです。もし勝っていれば、獄につながれることはなかったでしょう。藩は勇敢に戦った武士を敗戦により、獄につないだのです。藩が生き延びるためです。武士とは、藩の都合でどうにでもなる使い捨ての道具に過ぎなかったという思いがあります。しかし、私は武士の心を捨て去ることができないのです。武士とは、何か大きなものに仕え、そのもののために、全力をつくすものです。藩がだめなら、何か新しいものの下で、働きたいと思います。しかし、私は賊軍の一員であるとされ、受け入れてもらえるあてはありません。東京へ出てからは、カトリック教会のお世話になっておりました。ところが、この教会を新たに建て替えるというので、居場所がなくなったのです」

「竹内さん、ご苦労なことでしたな。私は一介《いっかい》の百姓ですから、新時代の勤め先をご紹介することもできません。でありますから、まわりくどい話はなしにして、私がお手伝いさして頂けることを申します。私は、目下、村の子どものしつけにと塾を開いている。村に小学校はできたんだが、その学校へ行きたくとも行けねえ家がある。月謝を払えねえ家もある。月謝を払えねえんです。これをほっとくわけにはいかねえ。無料の塾を開いたんです。ちょうど、うちには、玉川上水に船を走らせていた時に、船頭や船大工が寝泊まりしていた別棟がある。ここを教場にしたんだが、適当な先生がいなくて困っていたんです。ここの塾長をやって欲しい。そうなりゃ、わずかだが、小遣いも差し上げられる。こんなところでどうだろうね。引き受けてもらえますか」

「願ったり叶ったりのありがたいお話です。ぜひ、やらせて下さい。それに人手が足りなければ、私のおりました教会には、良き若者が何人もおります」

「竹内さん、あなたが推薦する人物なら、誰でも、入れ替わりでも結構です。教場はすぐ近くの菩提寺《ぼだいじ》・流泉寺《りゅうせんじ》となります」

「私は獄から解放されて、城下の村で寺子屋を開き、僅かながらも生活の糧《かて》を得ておりました。子どもたちとの関わり方については、経験があります」

「竹内さん、私の生活の信条は、経世済民《けいせいさいみん》の一語に尽きます。昔からの名主として村人の生活の向上をどう図るかが課題です。百姓は田畑に縛りつけられている。田畑がなければ作物《さくもつ》はできないからです。そして百姓の上には、いつも誰かが上にいて年貢を取り立てる。徳川から天皇に替わっても事情は同じです。その百姓の生活を良くするためには、作物が良い値で売れるか、高値で売れる作物を作ることです。そこをどうすれば、そうなるかを考えて、取りまとめるのが名主の仕事です。一時期、村の中を走る玉川上水に舟を浮かべて、農作物を東京まで安直《あんちょく》に運べるようにしたこともありました。人それぞれに、さまざまな生き方があります。こんな百姓の生活もじっくり眺めて下さいよ」

十一月二十二日日曜日、築地・聖ヨゼフ教会
木造の教会が完成。献堂式《けんどうしき》のミサが行われた。マラン師はこの教会の主任司祭となった。

明治八年三月五日金曜日、横須賀造船所。

春雨が造船所を包んでいる。きょうは初めて建造した船の進水式の当日だ。造船所の奥手に紅白の幔幕《まんまく》をかけた舞台が設けられている。その中央に坐るのは明治天皇だ。その後ろに進水式を統括する海軍中将川村純義《かわむらすみよし》、それを囲んで部下の幕僚、フランス人などの技術関係者数十人が並ぶ。一段低いところに海軍軍楽隊が整列していた。

船を取り巻いて、大勢の作業員、見物衆がみまもっている。

黒塗りの船体が船台に載っている。排水量八百九十七トン、長さ六十一・一五メートル、幅九・三メートル、二年余の歳月をかけて生まれた鉄鋼艦《てっこうかん》だ。

川村中将が明治天皇に一礼した後、演壇に進み手にした書面を開いた。

「本艦を『清輝《せいき》』と命名する」

つづいて川村中将は銀製の斧を執り、船を支えていた綱を切った。船首に日本酒が注がれる。

海軍軍楽隊が祝賀の奏楽を開始。

清輝は船尾から船台《せんだい》を滑って海水面に浮いた。船は命あるもののように静かに揺れている。

見物人に交じってジェルマンも拍手した。この二年間、船の建造が進んでいくのを眺めていたからだ。船が形を整えていくのと、自分の日本語学習の進み具合が重なり合っていた。

進水式は終わった。人びとは散っていく。

ヴァランタン技師長がジェルマンに声を掛けてきた。

「神父さん、ようやく船が浮きました。これから海で帆柱を立てたり、船室の取り付け工事がはじまります。私はそれらを片付けると故国へ帰ります。船が浮いた喜びと家族に会える期待とで、心が浮き立っています」

「技師長、それはいいですね。私もあなたにお知らせすることがあります。私は横濱の聖心教会でお勤めを担当することになりました。明後七日の日曜礼拝でミサを行った後、横濱の教会にまいります」

「神父さん、それはいい。あなたは日本人への伝道を強く望んでいたんですものね。しかし、私は、日曜礼拝であなたの説教を楽しみにしていたんですよ。心が慰められていました。どうか新しい担当者として立派にやり遂げて下さい」

明治九年三月二十一日日曜日、横濱・聖心教会。

日曜礼拝のミサに、ジェルマンは、補助司祭の一人として祭壇の横に立っていた。聖堂の中は、居留地に住む大勢の在日外国人をはじめ、三十人近い日本人信徒で埋まっていた。その中に、目につく一人の若い日本人の姿があった。物珍しそうに聖堂の中や神父たちの姿を眺め回していた。

ミサが終わって人びとが席から立ち上がり、出口の方へ歩み出した時、その青年はその流れに逆らうように、神父たちの方へ向かってきた。

袷の着物に股引《ももひき》を穿《は》いた中背の男だ。ジェルマンに軽く一礼すると、睨みつけるような眼差しで見上げて口を開いた。思い詰めている気配だ。

「私は山上作太郎《やまがみさくたろう》と申します。キリスト教を学びたいと思って出かけてきました。親戚の人に勧められたのです」

「今日は、山上さん、よくいらっしゃいましたね。お会いできてうれしいです。私はジェルマン・レジェ・テストヴィドです。よろしく。あなたはどうしてキリスト教を学びたいのですか」

「親戚の人が勧めてくれたんです」

「それは何という人ですか」

「三芳箭蔵《みよしせんぞう》と言います」

「三芳さんは分かります。三芳さんはこの教会で私から洗礼を受け、東京のサンモール修道院で修道女のために雑用をされています。熱心な信徒さんです」

「テストヴィド神父さん、キリスト教のことを教えてくれるんですか」

「もちろんですよ。失礼しました。あなたの質問はそのことでした。私の仕事は、みなさんにキリスト教のことをお話しすることですから」

「よろしくお願いします」

作太郎に青年らしい笑顔が浮かんだ。

「その前に、山上さんではなく、作太郎さんと呼んでもいいですか」

「どうぞ」

「ありがとう。私もテストヴィドではなく、ジェルマンと呼んでください。その方が親しみが生まれます」

「ジェルマン神父、わかりました」

「作太郎さん、私はあなたを理解したいのです。あなたはどこから来た、どういう人ですか」

「私は二十歳です」

「作太郎さん、私は二十六歳です。同じ若者ですね」

「えっ、そうですか。顔に一面のひげが生えているので、四十歳以上の人と思いました」

ジェルマンが笑った。

「神父は若い人が多いのです。それで若く見られては、お話ししても軽く見られていけないと、ひげを生やすことにしています。これは秘密ですよ」

作太郎も笑い出した。ジェルマンの眼差しは、紛れもない若者のものだった。作太郎は、本題の話に戻る。

「私の生まれ故郷は、この横濱から北へ十二里（約五十キロ）の武蔵国南多摩郡下壱分方村《むさしのくにみなみたまごおりしもいちぶかたむら》の福岡《ふくおか》という処です。私の村には貧しい約八百人の人が農業をはじめ、皮革製造《ひかくせいぞう》などをして暮らしを立てています。私の家は、質屋《しちや》も営んでいます。生活に余裕があるおかげで、子どもの頃から寺子屋で文字を習い、一昨年までは、神田三崎町の学塾《がくじゅく》・同人社《どうじんしゃ》で英語を学んでいました。そこへ親戚の三芳箭蔵さんから、神の前に、人は平等である。人間は何のために生きているのか、なんのために生きなければならないのか、その根本のところを身につけることができるのは、キリスト教だと手紙をもらったんです。三芳箭蔵さんはしっかりした人です。その箭蔵さんがそう言うのなら、私もぜひ、その根本を知りたいと出かけてきたのです。

「作太郎さん、あなたは正しい道を選んだんです。」

「ジェルマン神父、私は何からはじめるのですか。」

「作太郎さん、キリスト教は、イエス・キリストを私たちの救い主と信じます。そして聖書を最も大切な文書としています。聖書は二つあります。イエス・キリスト以前の預言者と神の約束を書いたものを旧約聖書《きゅうやくせいしょ》、キリストの言葉や奇跡を、キリストの死後、弟子たちが書いたものを新約聖書《しんやくせいしょ》と言います。私たちキリスト教信徒は、聖書を通じて、キリストを知り、キリストを学び、キリストを信じるのです。そしてキリストを信じる私たちは、洗礼、これはバプテスマとも言います。洗礼を受けて神の子である信徒となるのです」

「聖書はどこで手に入りますか」

「この教会には、日本語の聖書を用意してありますから、これを差し上げます」

「聖書は暗記するのですか」

「聖書には多くのことが書いてありますから、必要に応じて私がお話ししましょう。


なんじら知《し》らぬか、凡《おほよ》そキリスト・イエスに合《あ》ふバプテスマを受《う》けたる我《われ》らは、その死《し》に合《あ》ふバプテスマを受《う》けしを、我《われ》らはバプテスマによりて彼《かれ》とともに葬《ほうむ》られ、その死《し》に合《あは》せられたり。これキリスト父の栄光《えいこう》によりて死人《しにん》の中《うち》より甦《よみが》へらせられ給《たま》ひしごとく、我《われ》らも新《あたら》しき生命《いのち》を歩《あゆ》まんためなり

ロマ人への書第六章第三節・第四節

今ここに読み上げた内容が分かりましたか」

「全く分かりません」

「ここに書かれていることは、洗礼《バプテスマ》の意味と意義について語られています。まず洗礼とは、信徒になるための最も大事な儀式です。洗礼は神父が信徒の頭に、三度水を注ぎます。これによって信徒は新しい人・キリスト者となるのです。これは主イエス・キリストが、私たちの罪の償《つぐな》いのために、十字架に上がられ、死を迎えられました。そしてその三日後、主は復活されたのです。洗礼は主イエス・キリストの死と復活を偲び、私たちが新たな命、新しい生き方を生きるのです。少しでも分かりましたか」

「言葉は分かりますが、その意味はとてもわかりません」

「それでいいのです。これはキリスト教信仰の最も重要なことです。これを充分に理解するためには、多くのことを学ばなければなりません」

「安心しました。でも、あなたが信仰について話してくれていることは、感じています」

「ところで、あなたは信仰を学ぶのに、こちらの教会へ来ることができますか」

「朝早く家を出て、早足で急げば、午後には到着します。お話しを聞いて、家に帰れば、夜中になるでしょう」

「十里（約三十九キロ）の道を往復するのはたいへんです。あなたがよければ、司教様にお許しを得て、私の隣で寝ればよい。そうすれば、信仰が早く進みます」

「うれしいです。ぜひ、そうさせてください」

山上作太郎は、住み込みとなって信仰を学びはじめた。

五月十八日火曜日、横濱・聖心教会。

ジェルマンと作太郎は、司祭室で机を囲んでいる。

「作太郎さん、あなたがこの教会に姿を見せてから、毎日、神の教えを学んできました。もう二ヶ月になります。あなたは、これからどうされますか」

「少しずつではありますが、ジェルマン神父さん、あなたのお話と聖書を読むことで、神の恩寵が見えてきたように思います。そして私は、あなたから洗礼を受けたいと思います」

「あなたはもう充分に、洗礼を受ける資格がありますよ」

「そこで私の思っているのは、私が洗礼を受ける前に、ジェルマン神父、私の村を案内したいのです。つまり、そこは私の信仰をしていく生活の場ですから、ぜひ、見て欲しいのです」

「もちろん喜んで、行きたいと思いますよ」

「私の村は、貧しい村です。それに貧しいだけではありません。卑しい身分だとされてきましたし、今もそうです。私がイエス・キリストを信仰することで、私も含めた村の人たちが、幸せになることができるだろうかと気がかりなのです」

「身分は人間が作り出したものです。神の前には、身分はありません。聖書を開いてみましょう。主は身分によって人を区別したことはないのです」

イエス・キリストを信《しん》ずるに由《よ》りて凡《すべ》て信《しん》ずる者《もの》に与《あた》へたまふ神《かみ》の義《ぎ》なり。之《これ》には何等《なにら》の差別《さべつ》あるなし。凡《すべ》ての人《ひと》、罪《つみ》を犯《おか》したれば神《かみ》の栄光《えいこう》を受《う》くるに足《た》らず、功《いさを》なくして神《かみ》の恩恵《めぐみ》により、キリスト・イエスにある贖罪《あがなひ》によりて義《ぎ》とせらるるなり。

ロマ人への書第三章第二十二節第二十四節

ここに書かれていることは、作太郎さんの疑問に応《こた》えるものです。イエス・キリストを信仰することで、神から与えられる恩恵には何の差別もありません。神の前には、すべての人は平等です。私たちは、誰もが罪人《つみびと》です。であるのに、神の恩恵を受けることができるのは、イエス・キリストが自ら私たちすべての罪をあがなってくださったからです」

「このことを聞くのは二度目です。最初は、教会に来たはじめの日に聞きました。今、改めて聞くと、これは大切な言葉です。私にも村の人にも、大きな勇気をもたらしてくれます」

「作太郎さん、私にもはじめて分かりました。あなたは、自分自身の幸せを願うのと一緒に村の人の幸せも大事にしているんですね」

「私が子どもの頃、父春吉は、自分だけが良いとする人間になってはいけない。他の人のお役に立つような人間になれと諭しました。この教えを私は大事にしています。ですから、前にもお話ししたように、東京の学校に通っていた時も、自分だけが良いのだろうかと考えていました。そこへ、親戚の箭蔵からキリスト教の信仰こそが、正しい人間の生き方だと手紙をもらって、こちらへやってきたのです」

「作太郎さん、私も村の小さな教会で、神父に人の役に立つ人間になれと教えられ、神学校へ進みました。人の役に立つのはうれしいことです。そしてフランス国内ではなく、遠い日本で、主の教えを広める仕事をしたいと思うようになりました。あなたの村へ出かけましょう」

五月二十五日火曜日、神奈川往還《かながわおうかん》。

ジェルマンと作太郎は、朝早く聖心教会を後にした。作太郎の下壱分方村をめざすのだ。

居留地を出て、野毛山を越え、戸部に入ると、水田が広がる。

そよ風が心地よい。

保土ケ谷《ほどがや》、本宿《もとじゅく》、二俣川《ふたまたがわ》、今宿《いまじゅく》を過ぎる。向かい側から大きな荷物を背負った何頭もの馬と出会う。

「この道は、神奈川往還と言います。北にある八王子から生糸《きいと》を積んで横濱へ運んでいるのです。昔は寂しい街道だったと言いますが、横濱の居留地に商館ができると、生糸を外国人に売りつけるのに、この道を利用するようになり、賑やかになったんです。馬の荷物は見た目に大きいですが、生糸は重くないですから」

「私の故郷はなだらかな丘陵の中にあります。そこではぶどうや小麦を栽培している。私は水田を見るのははじめてです。田の中に、規則正しく苗が植わっているのは美しい」

ジェルマンはあぜ道を行く農夫に、父や母の姿を重ね合わせた。

若い二人の足取りは軽い。

町田《まちだ》、大野《おおの》、鵜の森《うのもり》、相模原《さがみはら》、淵野辺《ふちのべ》、橋本《はしもと》と一気に歩み続けた。

時刻は昼時だ。

道路脇の道標《みちしるべ》に、「右・かながわ、左・はちおうじ」とあった。

「ジェルマン神父、ここは鑓水《やりみず》と言います。この先でお昼の休憩をしましょう。ここでは、生糸の取引が行われています。関東一円から運び込まれた生糸、繭は、ここで値付けされ、横濱に運ぶのです。金持ちの農家は、商人としてこの取引に加わり、自宅の蔵に生糸や繭《まゆ》を収納し、高値《たかね》がつくと、出荷《しゅっか》して利益を上げています」

集落の小さな橋を渡り、上り道に入ると右手に立派な屋敷が見える。入母屋造《いりもやづく》りの茅葺き屋根の邸宅に接して洋館《ようかん》が設けられてある。

「ここの鑓水商人が建てたもので、異人屋敷と呼ばれています。」

坂を上っていくと、いちだんと高い小山があった。そこには石段が頂上に延びている。小山のふもとには、七、八軒の茶店がの真新しいのぼり旗を立てて客を招いている。

二人は、その中の一軒に腰を下ろした。

「あの山の上に、道了尊《どうりょうそん》を祀《まつ》ってあるのです」

「それは何ですか」

「道了《どうりょう》は、佛教の僧侶です。さまざまな修行をして超能力を身につけたといわれます。商売繁盛にも御利益があると、生糸を扱う商人がつい最近、小山の上にお祀りしたばかりです」

二人は、握り飯の包みを開いて頬張った。梅干しと鰹節《かつおぶし》の味わいが口の中に広がる。茶を含むと、握り飯が腹の中に落ち着いた。

元気を取り戻し、再び歩きはじめて二時間、

「もうあそこが私の村です」

集落がみえる。

畑で鍬をふるう人を見かけると、作太郎が手を挙げた。村人だ。はじかれたように頭を下げると、勢いよく集落へ走って行く。作太郎がそこは、福岡という集落だと教えてくれた。

村に入ると、最初の村人が知らせたのだろう、それぞれの家から、人影が現れた。二十人近い集まりになって、二人を囲んだ。みんな笑顔だ。好奇心に満ちた眼差しだ。

「みなの衆、聞いてくれ、これが俺の先生のジェルマン神父だ。俺は二ヶ月あまり、この先生について勉強していた。この先生は、キリスト教、つまりキリシタンの神父さんだ。俺はキリスト教の信徒になる。キリスト教の神さんは、人間は誰も平等だと言う。神さんの前では、差別はないと言うんだ。だから、みんなも俺と一緒に信徒になって欲しい。神さんの話は、この先生が話してくれる」

「作太郎さんよ、お前さんは、だまされてるじゃないだろうな」

誰からの声だ。

「間違いないよ。俺にも、ウソか本当かの判断はできるさ」

「作太郎さんが、そう言うのなら、間違いはないよな」

この夜、作太郎の家の座敷は、人で埋まった。

ジェルマンは、正座して懸命に話した。話し終わって一時間、ジェルマンは膝を崩そうとしたが、足がしびれて、体から倒れた。

どっと温かい笑い声に包まれる。ジェルマンは自らの話が、村人の心に深く沁み入ったのを感じてうれしかった。

六月十八日金曜日、横濱・聖心教会。

「作太郎さん、あなたはもう洗礼を受けた信徒です。そして、あなたの下壱分方村には、大勢の神を求める人たちがいます。ですから、私はあなたに伝道士《カテキスタ》として活躍して頂きたいと思います」

ジェルマンが作太郎に語りかけた。

「それはどういうことですか」

「伝道士は、信仰をはじめた初心の方に、キリスト教の教理《カテキズム》を教える教師の役割を担います。また、教会で行われる祭儀で、司祭の補助をつとめます。あなたは、すでに一般の信徒のみなさんより深くキリスト教の教理を学んでいます。言い方を換えると、私はあなたに、伝道士になって頂きたいと、教理のお話をしてまいりました」

「ジェルマン神父、それはとてもありがたいことです。それで私は何をすればよいのですか」

「あなたの下壱分方の村で、伝道士として活動し、私と協力して、人びとが神と出会うための教会を造るように努力して頂きたいのです」

「私は神を信じる作太郎として生まれ変わったように感じます。私の村で活動するのは本望です。私は村人に神を語ります。神を信じる仲間を一人でも多くふやすように、努力します」

「作太郎さん、神父である私がお願いしたことで、あなたは伝道士なのです」

「ジェルマン神父、ありがとう。明日、村へ帰ります。」

七月二十七日、武州・下壱分方村、砂川村。

前夜、ジェルマンは下壱分方の作太郎を尋ねた。ジェルマンが訪れると作太郎の自宅は、集会所になる。老若あわせて約三十人の男女が座敷を埋め尽くす。ジェルマンの話を聞きたいと集まってきたのだ。

ジェルマンは、人びとに親愛感を覚える。故郷の村の農夫と同じ風雪が顔に刻まれているからだ。

ジェルマンは語りかけた。

「私たちは、主イエス・キリストを信じます。主イエス・キリストを通して、神を信じます。なぜなら、主イエス・キリストは、神の独り子なのです。神はその父です。神は、私たちを深く愛されているからこそ、主イエス・キリストを、この世に遣わされたのです。ですから主イエス・キリストの言葉は、神の言葉です。主イエス・キリストは、神であり、人であるのです。人である主イエス・キリストが、人の言葉で神の言葉を話されたので、私たちは、神を知ります。そして神を信じるのです。神を信じるとはどんなことでありましょうか。神の言葉を、あれこれ言うことではなく、神の言葉が唯一つのものであることを自覚することです。神の言葉が唯一つの正しいことであることを知ることです。神の言葉を書いてあるのが聖書です。分かりますか」

最前列の老女は、

「よく分からない」

そうなんだと合点がいかないで頷《うなず》く顔がいくつもある。ジェルマンも頷いた。

「主イエス・キリストは神の化身《けしん》です。だから神でもあり、人でもあるのです。こう言えば、分かりますか」

「神父さん、キリストは神様、人の姿をした神様かね」

「そうですよ」

「はじめにそう言ってくれたら、すぐに分かっていたんですよ」

納得したと頷く顔が増えた。

ジェルマンは、聖書を引用しない。聖書の言葉をかみ砕いて話す。以前に、何度か引用したところ、文言《もんごん》が難しいと、すぐには理解してもらえなかったからだ。

ジェルマンは続ける。

「また神の国は、見えるものではありません。あそこにある、ここにあると言えるものでもありません。そうではなくて、神の国は、あなたたち人間の間にあるのです。みなさんの努力や熱意と関係なく、神の恵みなのです。つまり、神が人への愛から、はたらきかけるのです。それにたいして、人が心からそれを感謝し、無条件で受け入れるとき、神の恵みが届きます」

ジェルマンの熱意を汲み取って頷く多くの笑顔があった。

説教の集《つど》いを終えて、ジェルマンは満ち足りた眠りについた。

朝の食膳を囲みながら、ジェルマンは、

「作太郎さん、きょうは、神の声を聞きながら、足の向くままに、一人でどことなく歩いてみようと思います」

竹筒の水筒を腰に巻きつけ歩きはじめた。日差しが強い。麦の収穫が終わった畑に切り株が広がる。気がつくと広い河岸に立っていた。渡し船が行き来している。船待ちをしている農夫に尋ねると、川は多摩川で、ここは日野《ひの》の渡し場だという。船で対岸へ渡ると丘陵になっている。そこは柴崎村だった。

さらに北に向かう。小一時間も歩いたろうか、大勢の子どもたちのかけ声というか、叫び声が聞こえてきた。足音も聞こえる。それに誘われて広い家に近づいた。

三十畳はある板の間を開け放ち、子どもたちが防具《ぼうぐ》をつけ、竹刀《しない》を振り回し、相手に向かって打ち込みの稽古をしているのだ。

ジェルマンは、縁側のそばに立って、その光景に見入った。

竹刀を片手に、その稽古を監督している袴姿の男が近づいた。

「今日は、あなたは誰ですか」

「私は、キリスト教の神父です。テストヴィドと申します」

「あなたの着ている服から考えると、あなたはパリ外国宣教会の……」

ジェルマンは驚いた。自分の所属団体を知っている人物がいるのだ。

「そうです。そうです。その通りです。でも、どうしてパリ外国宣教会とわかりますか。あなたは誰ですか。そしてここは何ですか」

男は笑顔を見せた。

「私は竹内寿貞です。ここは村の学塾で、私が塾長です。私は、マラン神父とミドン神父のいた稲荷橋教会にいました。だからあなたたちのことは、よく知っています」

「不思議な人と会うことができました。とてもうれしいです」

寿貞が子どもたちに呼びかけた。

「きょうの稽古はこれでおしまい」

寿貞がジェルマンに、

「テストヴィド神父、ちょうど昼飯時だ。あなたは弁当を持っているの」

「何も持っていません」

「お腹が空いているのじゃないかな」

「とてもお腹が空いています」

「それでは、私と一緒に昼飯を食べよう」

ジェルマンは、うれしそうに寿貞の後ろ従った。道場の隣室が寿貞の居室だ。

「おばさん、お客さんです。もう一人前下さい」

台所で働いている農婦に声をかける。少し間があって、うどんの大盛りが二つ差し出された。

「テストヴィド神父、あなたは何しに来たの」

「竹内さん、私たちはもう友だちですから、ジェルマンと呼んでください。私は宣教師ですから、神様の話をするために、ここに来てしまいました」

「ジェルマン神父、このあたりに、誰か知った人はいるの」

「誰もいません。きょうはじめて、ここへ来たのですから」

「けさ、横濱から歩いて来たの」

「ゆうべは、下壱分方村に泊まりました。そして、今朝歩き出したのです」

ジェルマンは、うどんを巧みにすすった。その表情は無邪気そのものだ。

寿貞は、何のためらいもなく、あてもなく、歩き回る若者に驚嘆した。

稲荷橋教会のマラン神父も、毎日、出かけていた。東京の町のあちこちを歩き回り、聞いてくれる人に、神の話をしていたのだ。夕刻、帰ってくると、疲労の色がうかがえたが、夜が明けると、さっさと出かけていた。今、目の前にいる若者も、マラン神父と同じ「巡回牧師《ミッショネール・アンブラン》」の一人なのだ。

「今夜は、どうするの」

「まだ、何も決まっていません」

「それじゃ、ここに泊まるといい」

「ありがとうございます」

ジェルマンは、十字を切って頭を下げた。

「ここは村の名主の砂川源五右衛門さんのものだし、あなたを泊めるとなれば、その了解も得ておかなければいけない。源五右衛門さんを紹介しておこう」

食事を終えた二人は、源五右衛門の居室を訪ねた。

寿貞が風変わりな出会いの経緯《いきさつ》を話すと、源五右衛門は、

「ことわざに、袖《そで》ふれあうも多生《たしょう》の縁《えん》というが、おもしろい縁だね。寿貞さんの部屋に寝泊まりさ

せて飯を食わせるのも、自由にやっていいですよ。ところで、神父さん、あなたは、この村に何をしに来るの」

「村の人に、神様の話をしたいんです」

「つまり、それはうちの村で、布教伝道《ふきょうでんどう》をしたいってことかい」

「そうです。お願いします」

「キリスト教というかキリシタンを信心すると、どうなるの」

「人は、神の恩恵を知り、正しい生き方をして、幸せになります」

「信心とは、人それぞれの心持ち次第のことだ。キリシタンを信じるのがいいとか、悪いとかは、私の決めることじゃないよ。これまで、村にキリシタンの者はいなかったが、これからは、信徒も出てくることになるんだ。それも結構なことじゃないか」

寿貞とジェルマンは、そろって頭を下げた。

「ありがとうございます」

ジェルマンが源五右衛門に尋ねた。

「砂川さん、あなたは村の名主として何を目標にされているのですか」

「私の目標は、経世済民、これは少しばかり、むずかしいな。やさしく言い直すと、村の衆が安心して暮らせるようにすることです。暮らしに必要な金が手に入るような仕事を作り出すことだね。それができれば、人は自ずと幸せになる、幸せになれると、私は思っている」

「それはとても大事なことですね。キリスト教は、必要な金が手に入らないでいる貧しい人も、心の持ち方一つで、幸せになれると呼びかけています」

「信心とは、そういうものだろうね」

ジェルマンが視線を寿貞に向けた。

「竹内さんの目標は何ですか」

「私は武士だった。武士は武芸を専門とする。武芸とは人を殺傷する能力です。そのために、刀や槍、弓、鉄砲などを使う。武士は戦闘集団の指導者である大名に戦士として仕えていた。ところが、大名が廃止され、戦闘集団が解体されたので、武士は職を失ったのです。私は、武士であった時のように、武芸でなくてもよいから、誰か、何かに仕えたいと願っています」

「武士は戦闘以外に何ができるんですか」

「ジェルマン神父、あなたとは初対面だが、鋭い質問をする。多くの武士は、武芸の他、それなりの学問がある。だから文字を読むことも、書くこともできる」

源五右衛門が笑った。

「武士から刀を取り去ると、武士が武士でいられるかだ。これはなかなか難しい」


八月十日、武州・砂川村。

「竹内さん、おはようございます」

午前十時過ぎに、ジェルマンが道場に現れた。屈託《くったく》のない笑顔だ。

稽古着をつけた二三十人の子どもたちが竹刀をふるっている。

寿貞は、子どもが竹刀で打ち込んでくるのを受け止めると、

「横濱からまっすぐ来たのかい」

「夕べは下壱分方に泊まりました」

「きょうは何の用事」

「私の用事は、いつも一つだけです」

寿貞が少し意地悪く
「その一つだけの用事は何なの」

ジェルマンには冗談が通じない。

「神様の話をしたいのです。神様の話を聞いて欲しいのです」

「ジェルマン、あなたの用事は分かっているよ。ところで誰に話すの」

「ここにいる竹内さんの、生徒の子どもたちに、話をさせてください。とてもうれしいです」

「なるほどね、君のことは、源五右衛門さんも知っているし、君の用事も分かっている。稽古が一段落したら、話をしてもらおう」

ひとしきり、子どもたちが打ち合いに励む。

寿貞が、

「よおし、稽古はそれまでだ。竹刀を片付けて正座《せいざ》しよう。これからこの神父さんが話をしてくれる」

子どもたちが好奇心に充ち満ちた表情でジェルマンを仰ぎ見ている。

「みなさん、こんにちは。私はジェルマン・テストヴィドです」

子どもたちが笑った。聞き慣れない口調だからだ。ジェルマンの日本語は、普通に話す限り、不自由ないのだが、口調だけは、外人特有のものだからだ。

「私は、みなさんに一人の人のことをお話ししたい。イエス・キリストと言います。イエスは人ですが、神様でもあります」

「その人、神様が人間に化けたの」

一人の男の子が、不思議そうに声を出した。眼の大きい丸顔だ。

「それはおもしろい質問です。あなたのお名前はなんと言いますか」

「俺は島田角太郎《しまだかくたろう》、年は十二歳」

「角太郎さん、化けたのではありません。神様には姿がありません。姿のないものを知るのは難《むずか》しいです。ですから、神様は、たった一人の人を子どもとして、この世に送り出したのです。イエスは、人間の姿をした神様ですから、誰もが神様の言葉を聞くことができました」

「なんだ、生き神様なんだね」

角太郎が口をはさむ。

「生き神様は、人間が神様になったのでしょう。でもイエスは、神様が人間の姿として送り出したのです。でも今は、生き神様と考えていてもいいですよ」

「イエスって変わった人だね」

「イエスの家族のことから話しましょう」

子どもたちは、息をのんで話のはじまりを待つ。

「今から二千年ちかい昔、ユダヤの国のナザレの町にマリアと言う一人の娘がいました。マリアは、親戚の若者ヨゼフのお嫁さんになることになっていました」

「ユダヤの国ってどこにあるの。ナザレの町はどんな町」

角太郎が質問する。

「ここから西の方へどんどん行くのです。船に乗ると四十日ぐらいで着くでしょう。いいですか、ある日、神様のお使いである天使のガブリエルが、姿を現して『あなたは神様からお恵みを頂いたのです。あなたは男の子を産みます。そのこにイエスと名前をつけなさい。その子は偉大な人です』マリアは驚きました。マリアは天使に尋ねました。『私はお嫁にも行っていないのに、なぜ母親になるのですか』すると天使は答えました。『神様があなたにはたらいてあなたの体に神の子がおなかに宿ったのです』マリアは答えました。『神様のなさるようにしましょう』その言葉を聞くと、天使は静かに姿を消しました」

「俺は父ちゃんと母ちゃんの間から生まれたんだ。娘が勝手に母ちゃんになるってのは、分かんねえ」

「角太郎さん、父ちゃんと母ちゃんの間から、子どもが生まれる。あなたもそうだ。私もそうです。でもまだ嫁に行っていないマリアに、神様がはたらいたのです。父ちゃんは神様。だからイエスは神様の子なのです。それからまもなくマリアはヨゼフのお嫁さんになりました。そのころ、ユダヤの人は、それぞれの生まれ故郷へ行って住民登録をしなければなりませんでした。ヨゼフとマリアは、遠くにある故郷ベツレヘムへ向かいました。ベツレヘムの町は、故郷へ戻ってきた大勢の人で賑わっていました。宿屋は混んでいて、部屋はありません。どうにか町外れの馬小屋を借りることができました。その夜、マリアは、男の子を産みました。ちょうどその時、近くの草原で、ヒツジを飼っている男たちがいました。突然、空が明るくなりました。みんな驚きました。すると神様のお使いである天使が姿を見せ、『人びとを救うお方が産まれたのだよ。みんなで、馬小屋の中で寝ている赤ちゃんを見てくるといい』と言って姿を消しました。ヒツジを飼っている男たちは、馬小屋を訪ね赤ちゃんを見たのです。ヨゼフとマリアは、天使が言ったようにこの赤ちゃんをイエスと名付けました。そのころ、ユダヤの国の東にあるペルシアの国から、三人の学者が、ユダヤの国の都エルサレムにやってきました。『私たちは、ユダヤの王が産まれたことを示す星の輝きを見たから、その子を拝みに来たのです』三人の学者は、ベツレヘムで馬小屋を訪ね、イエスを拝み、帰って行きました。三人の学者の話を聞いた、ユダヤの王は、自分以外に、ユダヤの王が産まれたのは許せないと、ベツレヘムと近くの村にいる二歳以下の男の子をみな殺しにします。しかし、イエスは無事でした。ヨゼフの夢に天使が現れ、ヘロデ王が男の子を殺そうとしている。すぐにエジプトに逃げなさいと伝えたため、イエスと両親は、すぐさまエジプトに逃れたからです」

「ウソと本当が入り交じったような不思議な話だねえ」

角太郎が、つぶやいた。

「そうです。不思議な話ですよ。これはウソのように思える本当の話なんです。私は、このイエス様を信じているのです。このあと、イエス様は、私たちに何が本当の生活なのか、私たちは、何を守らなければならないかを教えてくれました。そして不思議なことも見せてくれたのです。きょうはここまでにしておきましょう」

声を出したのは、角太郎だけだった。他の子どもたちは、あっけにとられていた。

第七章　明治十年

二月二十八日、武州・砂川村。

昼下がりのひととき、源五右衛門は、居室で書物を開いていた。

「お話があってまいりました」

寿貞がかしこまった顔つきで姿を見せた。

「実はこのところ、世間を騒がしている西南戦争に関してであります。今月十五日、西郷隆盛《さいごうたかもり》は一万数千人の兵を率いて鹿児島《かごしま》を出発、熊本城《くまもとじょう》を包囲しました。これにたいし、天皇は十九日に、西郷を賊軍として討つと詔勅《しょうちょく》を発しました。西南戦争のはじまりです」

「寿貞さん、そのことは私も承知しています」

「それにともない、警視庁《けいしちょう》は、警察官を動員して別動第三旅団《べつどうだいさんりょだん》を編成し、戦闘に参加しています。そして、不足する警察官の補充のために、警察官の大募集を行っているとのことです。ついては、私もこの際、これに応募したいと決心したのであります」

「寿貞さん、この際の警察官になるとは、普通の警察官ではないだろう。西南戦争の兵士として戦うことじゃないのですか」

「言われるとおりです。ご存じのように、旧仙台藩の武士は、官軍である政府軍に敵対したため、賊軍とされ、新しい政府の役職につくことは、認められてきませんでした。しかし、西南戦争では、西郷隆盛が賊軍《ぞくぐん》とされています。ですから警視庁の警察官募集は、官軍兵士の募集です。これに応募すれば、元賊軍であっても、天下晴れて政府の一員になれます」

「あなたはこの村の生活に不満があるのですか」

「とんでもないことです。源五右衛門さんのご厚意は、ありがたく思っております。子どもたちとも楽しく毎日を過ごしてきました。ただ、私は定職《ていしょく》につきたいと思ったのです。大きな組織の一員として、与えられた役目を果たしていきたいのです。武士とはそういうものでありました。私の中から、武士の気風《きふう》が抜けないのです」

「私の眼からすると、主人持ちの生活は、息が詰まりそう思えるが、寿貞さんは、その方が望ましいと言うんだ。あなたの気持ちはよく分かったよ。お望み通りに、出かけるといいよ」

「源五右衛門さん、ありがとうございます。手前勝手《てまえかって》で申し訳ない。このご恩は、終生《しゅうせい》忘れません」

三月一日、東京・警視本署。

午前五時、寿貞は身の回りの衣類を風呂敷包みに背負って、砂川家を後にした。

五日市街道をひたすらに歩く。

午後二時、東京へ入る。すぐに鍛冶橋《かじばし》の東京警視本署を訪れた。元は大名屋敷だったという庁舎の中は、人の出入りが慌ただしい。

警察官募集に来たと告げると、人事官の前に案内された。

寿貞が氏名年齢を告げると、中年の人事官は、

「出身地は」

「仙台です」

「あんたたちは、西南戦争に備えての採用だ。命をかけて戦うことになるが、大丈夫か」

「覚悟はできています」

「あんたは士族《しぞく》か」

「そうです」

「戊辰の戦いの時は何をしていたの」

「仙台藩正義隊の隊長でした」

「部下の数は」

「約三十人」

「どこで戦ったのかね」

「駒ヶ嶺にいました」

「ほう、わしも官軍としてあそこにはいた」

人事官は、懐かしそうな表情を浮かべたが、それは本筋の話ではないと頭をかきながら、

「いや、それはいい。あんたは部下を指揮していたんだな。それでは一等巡査として採用し、什長《じゅうちょう》としよう」

「什長とは何ですか」

「部隊では、伍長が五人をとりまとめ、什長が二人の伍長の上に立ち、十人をとりまとめる。分隊長は二人の什長と二十人をとりまとめ。小隊長は、四人の什長と、四十人をとりまとめる」

ついで人事官は、身長、体重を尋ねた。寿貞が答えると、机の横に山積みになっている制服を一式取り出した。

「大きさは、『中』で間に合うだろう。これを着れば、あんたも立派な警察官だ」

生地は紺色のラシャだ。ズボンの横には、真っ赤な線が入り、上衣の胸には六個の金ボタン、両肩にも赤線がある。帽子には銀色の横線が入っていた。

寿貞が制服に着替えると、

「剣道場へ行って、手合わせをしてみて」

道場では、防具をつけた男が待ち構えていた。

寿貞が防具をつけて、竹刀を構えると、男はすぐに構えを解いた。

「お主とは打ち合うまでもない。人を斬ったことがある構えだ。使えるな。いずれの流派《りゅうは》だ」

「神道無念流です」

「戦地での活躍を期待する」

寿貞は、数十人の新規採用者と共に、近くの合宿所に案内された。そこでは、東北訛りの声がする。

懐かしく思い、出身地を尋ねると会津藩、盛岡藩《もりおかはん》、米沢藩《よねざわはん》、仙台藩と、東北各藩の元武士たちだった。今回の警察官募集は二百五十人をめどにしたという。

三月三日、横濱から神戸へ。

午前六時、総指揮長田辺良顕《たなべよしあき》少警視の前に、二百五十人が整列した。田辺が壇上に立ち、「お前たちは、警視庁巡査として採用された。西郷隆盛が鹿児島で決起し、武力をもって東京へ攻め上って来るという非常の事態に備えたのである。我が警視庁は、陸軍に協力し、川路大警視《かわじだいけいし》のもとに、警視隊《けいしたい》を組織編成した。別動第三旅団だ。お前たちはその一員だ。本日から行動を開始する」

訓示が終わると、部隊の編成に入る。二百五十人は、二隊に分かれた。第一隊は一等大警部近藤篤《こんどうあつし》、第二隊は二等大警部小野田元熙《おのだもとひろ》が指揮を執《と》る。寿貞は、第一隊に編入され、什長として二人の伍長と十人の部下と顔合わせした。

このあと徒歩で新橋停車場《しんばしていしゃじょう》に集結、汽車で横濱に向かった。そこで、桟橋に停泊中の汽船広島丸《ひろしままる》に搭乗、午後四時出港、神戸をめざした。

三月五日、神戸《こうべ》、京都《きょうと》。

午前五時、広島丸は神戸港に入港、全員上陸して大阪に向かう。部隊は、大阪《おおさか》に駐在している川路大警視の命令により、近藤警部《こんどうけいぶ》の率いる小部隊は、梅田《うめだ》より汽車で京都へ行き、御所《ごしょ》の警備についた。

小野田警部が率いる隊は、大阪に留《とど》まっている。

三月十七日、神戸から博多へ。

田辺少警視《たなべしょうけいし》、長尾直景警部《ながおなおかげ》は、部下を率い、午後一時三十分、大阪を出発、午後二時五十分、神戸港に到着。午後八時、黄龍丸《こうりゅうまる》に搭乗、九州《きゅうしゅう》・博多港《はかたこう》をめざした。

船中で、田辺少警視は訓示した。

「電報による現地の情報では、賊軍は、銃器・弾薬が不足しているとみられる。現地の各警視隊は、勇敢に戦って敵に打撃を与えているが、兵力が不足しているので、これを補充しなくてはならない。つまり、京都に駐屯《ちゅうとん》していたわれわれ二百五十人および石川県にあった六十余人を第一線に派遣することとなった。これは、われわれにとって名誉なことである。われわれは力をふるって任務を遂行しなければならない。われわれの達成する任務は、現在、熊本城を包囲している賊軍を撃破して、熊本城防衛軍を救援しなければいけない。作戦の総指揮は田辺が執るが、戦闘場面では、長尾一等大警部が指揮を執る。博多港に到着したら、小銃、剣で軍装《ぐんそう》する。各隊は、順次輪番《りんばん》して先頭に位置し、最後尾にあたる隊は、弾薬、食料などの警護にあたる。攻撃する場合、伍長以上の者が先に進むのは言うまでもない。各隊員は隊長に先立って戦うことが望まれる。戦闘中は、隊伍を整え、混乱することのないようにせよ。また味方識別の合い言葉、指揮連絡旗《しきれんらくき》の確認は、大切である。これにより、敵の夜襲を判別するためにもその確認は大切である。戦死者、負傷者の救護は、状況に応じてなすべきである。ただし、集合ラッパが鳴らされた時は、速やかに集合すべきである。隊員は、分隊ごとに、作業の協力分担をしなければならない。隊員の中に一人でも卑怯な振る舞いがあれば、分隊全員の恥とし、小隊全員に謝罪すべきである。隊員の中に怯えて進撃しない者がいれば、これを斬り捨てて進撃するべきである。また、戦闘場面にあっても、警察官の本分である人民保護のつとめは、決して忘れてはいけない」

寿貞は、九州に上陸すると、戦闘がはじまると覚悟した。

三月十九日、博多港。

正午、黄龍丸、博多港入港。田辺少警視以下、全員上陸。ここで全員にスナイドル銃と刀が支給された。明二十日、南関《なんかん》に到着予定。

三月二十日、久留米《くるめ》。

午前七時、博多を出発、しとしとと降りつづく春雨に、道路はぬかるみ、足をとられた。午後六時、ようやく久留米に到着。

三月二十一日、久留米から南関へ。

午前六時、田辺少警視以下、久留米を出発。午後三時、南関に到着。昨日、道路はぬかるみ、行進は、容易ではなかった。

三月二十二日、轟木村《とどろきむら》。

午前六時、田辺少警視以下、全員高瀬を出発、午前十一時、轟木村に入る。

三月二十三日、植木駅。

別動第三旅団は、攻撃の重点を植木駅においた。田辺少警視は、部隊を三隊に区分し、植木駅の攻撃に参画。

植木駅の東北、山鹿街道は、長尾景直《ながおかげなお》一等警部が二等少警部の右半隊と下山尚吉《しもやまなおきち》一等少警部の一小隊を率いた。

川畑種長《かわばたたねなが》一等大警部の一小隊は、植木駅の西南、滴水《しみず》攻撃の先鋒を担当。正面の植木口は、杉田成章《すぎたなりあきら》二等少警部の左半隊を先鋒とし、上田良貞《うえだよしさだ》三等大警部の一小隊は、その援護にあたった。

午前六時、戦闘開始。

警視隊の一小隊は、植木駅の焼け残った民家の間に伏せて待機、時機を見はからい、賊軍陣地に突撃を試みて、陣地を奪った。その際、上田良貞三等大警部が銃弾に当たり負傷。小隊長佐々木文次郎《ささきぶんじろう》三等少警部は、この攻撃隊を支援しなければ、全滅する危険があると、小隊を率いて藪《やぶ》の台場《だいば》という陣地に斬り込む。寿貞もその中にいた。

賊軍も、刀で応戦してくる。

十代の若者が刀を上段に構え、

「チー」

と叫び声を上げながら一直線に迫ってくる。薩摩《さつま》の示現流《じげんりゅう》の剣法だ。

寿貞は、敵が目前に迫ったその瞬間に右横に前進。

敵の刀が振り下ろされかかるのを認め、横一文字に刀を払った。

手応《てごた》えがあった。敵の胴を刀が走ったのだ。

敵は前のめりに倒れ込んだ。

すぐに新たな敵が襲ってくる。

寿貞は肉薄した。

敵の刀を振り払い、のど元めがけて突いた。神道無念流の突きだ。血しぶきが飛ぶ。

寿貞は、振り返り、味方の助太刀《すけだち》に入る。

寿貞は、冷静だった。気力《きりょく》が充実している。

午後五時、指揮長長尾景直一等大警部、半隊長佐清静《さとうせいじ》二等少警部の右半隊は、半隊長満田清民《みつだきよたみ》二等少警部の半隊と合流し、上田隊が斬り込んだ植木駅付近の敵陣を銃を捨て刀で攻撃すべしとの命令を受ける。

午後六時、抜刀による攻撃を中止し、それぞれの分隊を鎮台兵《ちんだいへい》の陣地に配備し、敵の逆襲に備えよと命令される。

本日の戦闘で、二等少警部杉田成章以下戦死八名、負傷者三十二名あり。

寿貞の戦いのはじまりの日だった。

戦い全体の状況は、分からない。確かなことは、官軍が着実に前進していることだけだ。

四月十八日、武州・砂川村。

ジェルマンが砂川村に顔を見せた。学塾の道場を訪ねると人気《ひとけ》が無い。道場の横手の空き地で遊んでいる子どもの姿がある。その中に角太郎がいた。ジェルマンが手を挙げると、角太郎も気づいた。

「神父さん、今日は、竹内先生は、戦争に行っちまっていないんだよ」

「戦争って何ですか」

「おいらには、よく分からないけれどさ、西郷さんと戦《いくさ》をすると村から出て行ったんだ」

「分かりました。寂しいですね」

「竹内先生がいなくなったので、学習塾はなくなったんだ」

「そうですか」

「神父さん、イエス・キリストの話のつづきを聞かせておくれよ」

「いいですよ。そのために来たんだから。あなたの友だちを呼んでください」

角太郎は、走って仲間のところに行くと、子どもたちが一斉《いっせい》にあちこちと走り出した。

しばらくすると、それぞれの遊び場にいた子どもたちが三人四人と現れた。

角太郎が、

「神父さん、呼んできたよ」

三十人ほどの子どもたちになっている。

「あそこの桜の木の下で話をしましょう」

みんな、思い思いの場に座り込んだ。

「この前は、イエスが産まれ、三人の学者がイエスを拝んだことまでを話しました。きょうはその先です。イエスは十二歳になっていました。角太郎さんと同じ歳《とし》ですね。ユダヤの国では、毎年、都のエルサレムで過越祭《すぎこしさい》というお祭りが開かれます。イエスの一家もエルサレムを訪れ、祭りが終わったので故郷のナザレの町へ帰ろうとします。ところが、とちゅうでイエスとはぐれてしまいます。そこで両親は、イエスを探しに、再びエルサレムに戻ります。町中を探し歩いて三日目に、神殿に行きました。神殿の廊下に、大勢の学者が群《むら》がっていました。その真ん中《まなか》にイエスはいたのです。学者はイエスに神様について質問します。イエスは、すぐに答えます。『神様のことについて、これほど何でも知っている人に出会ったことはない』学者は感心していました。母親のマリアは、『あなたを探していたのよ。あなたは何をしているの』と尋ねたのです。すると、イエスは答えました。『僕を探していたんですか。僕が神殿にいるのはおかしくありません。なぜなら、ここは僕のお父さんの家だからです』マリアには、イエスの言っていることが分かりませんでした。イエスが神殿を僕のお父さんの家と言ったのは、イエスが神様の子どもであると言ったのです」

「神父さん、イエスは自分が神様の子どもであることを知っていたのですか」

「角太郎さん、イエスは神様の子どもであることを知っていたと言うよりは、自分の父親が神様であることを知っていたのだと思います」

「イエスが不思議な人だと言うことが、少しずつ分かってきたよ」

「イエスは、まだまだ多くの不思議なことをします。この続きはまたにしようね。私は、竹内さんがいなくなったから、泊まるところがありません。夜にならないうちに、帰らなくてはいけないのです」

「神父さん、それなら俺の家に来て泊まるといいよ」

「泊まってよいのかどうかは、あなたの家のお父さんが決めることですよ」

「ちょっと待っていて。父ちゃんに聞いてくるから」

角太郎は、一目散に走って行った。そしてしばらくすると戻ってきた。

「大丈夫だよ。父ちゃんが泊まっていいと言った。」

ジェルマンは、大勢の子どもに囲まれて角太郎の家をめざした。

角太郎の家は、二番組の集落にある藁葺《わらぶ》き屋根の一軒家だった。ジェルマンが角太郎に手を引かれて戸口から入ると、いろり端に一人の男がいた。丸顔に笑みが浮かんでいる。男は軽く頭を下げると、

「俺が主人の泰之進《やすのしん》です。くつろいで泊まっていってくんな」

「私はテストヴィドです。よろしくお願いします」

「堅苦しい挨拶は、抜きにして上がっておくれよ」

ジェルマンは靴を脱いで上にあがった。

「俺は島田の家の長男だが、独り者だ。だから子どもはいない。弟一家と暮らしている。百姓仕事は好きじゃないから遊んでいる。跡継ぎにと弟の子どもの角太郎を養子にもらったんだよ。元気な男の子で、中々頼もしい」

「角太郎さんは、かしこい男の子です。私が神様の話をすると、いろいろ尋ねます」

「角太郎が家に戻ると、神様の話は、おもしろいと言っていたよ。ところで神父さん、あんたは夕

飯に俺たちの食べるようなものを食べることができるのかね」

「私はなんでもよく食べます」

野良仕事を終えた弟夫婦が帰ってきた。泰之進が弟の妻女《さいじょ》に声をかけた。

「この神父さん、なんでも食べると言うから、俺たちと同じ飯を一人前追加してやって」

夕餉は角太郎の弟妹三人も加わり、ジェルマンをいれて八人だ。茶の間でそれぞれの箱膳《はこぜん》を前にする。

ジェルマンも皆にならって正座した。正座するのは楽ではないが、下壱分方の作太郎の食事でもそうしているから、苦痛ではなくなっている。

角太郎の三人の弟妹は、食い入るように、ジェルマンを見つめている。珍しいのだ。

泰之進が、

「神父さん、神様ってのはいるのかい」

「います」

「神様は、見えるのかい」

「見えません」

「見えないものは、いないんじゃないかね」

「神様は見えなくても、いるんです」

「俺は、見えないものをいるとは信じられねえ」

「泰之進さん、あなたには信用がありますか」

「信用を見たことはないが、俺には信用がある」

「あなたは見たことのない信用を、どうしてあるというのですか」

「信用とは、もともと眼に見えないものだからさ」

「神様も、信用と同じです。眼に見えなくても、もともといるのです」

「いやあ、神父さん、うまいことを言ったね。確かに目に見えなくてもあるものはある」

「俺は、神も仏も信じていないんだが、人がそれを信じるのを止め立てはしない。角太郎が神様を信じるなら、反対はしない。それから、この家には、いつ来て泊まってもいいからね。それに、話をするなら座敷を使ってもいいよ」

角太郎の義父泰之進は議論好きだが、好人物だ。ジェルマンには、心安まる砂川村の新しい足場ができた。

夕食をおえてしばらくすると、島田家の二つの座敷には、三十人ほどが集まってきた。「異人さんがキリシタンの話をするそうだ」という知らせが伝わったからだ。

泰之進が挨拶した。

「皆の衆、今夜は大勢集まってくれてありがとうございます。このところ、俺んとこの角太郎が、キリシタンの話を聞いてきてなかなか面白いというから、みんなにも聞いてもらうべえと声をかけさしてもらったんだ。キリシタンと言うのは、西洋の宗旨《しゅうし》だ。信心のことだ。みんなは寺の檀家《だんか》だ。キリシタンに宗旨替え《しゅうしが》をするのがいいか、どうか、それぞれの思いはあることだ。堅苦しいのは抜きにして、どうか気軽に話を聞いて欲しい。ここにいるキリシタンの先生は、テス、テスト……、舌がもつれちまう……」

角太郎が口をはさんだ。

「父ちゃん、テストヴィドって言うんだよ」

「わかった。テストビドでいいかい。」

ジェルマンが手を挙げる。

「泰之進さん、私の名前はテストだけでもいいですよ」

「そいじゃ、テストさん話を聞かせて」

「わかりました。みなさん、今晩は、私がテストです。神様の話をいたしましょう。神様の愛をお伝えしたいと思います。神様は、私たちのお父さんとお母さんを敬えと教えられています。神様の思召《おぼしめ》しによって二人が結ばれ、私たちはその子どもとしてこの世に命を授かることができたからです」

四十代の男が言った。緊張しているのだろう、顔が少しこわばっていた。

「神父さん、それはあたりまえのことじゃないですか。キリシタンは普通のことを言うんだ。それは孝行のことじゃないか」

「孝行だと考えても間違いではありません。キリスト教は、むずかしい教えではありません。心正しい人には、すぐに理解できる教えです」

「敬《うや》えばそれでいいんですかい」

「そして自分を大切にするように、隣にいる身近な人を愛しなさいと言われます。身内の人はもちろん、隣に住んでいる人もです」

「俺は二番組に住んでいるんだが、隣近所を愛するというのが分からない」

「みなさんは、愛と言う言葉をあまり使いません。しかし、キリスト教は愛の教えです。愛というのは、男と女のことだけではありません。愛とは同情と慈《いつく》しみと考えるとどうでしょう。隣近所の人と助け合い、仲良く暮らしていくことです」

「親類や隣近所とのつきあいは大事にしなきゃならねえのはもっともだよ」

「神様はさらに、もし身近な人が貧しければ、自分の持ち物を売って、貧しい人に施しなさいと、言われています。隣にいる身近な人が困っていれば、助けるという心組《こころぐみ》です。自分のことだけでなく、他人のことも思いやりなさいという心遣《こころづか》いです。キリスト教の愛とは、そのことを指しているのですよ」

「佛教も同じように言っている。布施《ふせ》がそれだ。キリストさんとお釈迦さんは、どちらが偉いんですかね」

「佛教も優れた教えです。佛教とキリスト教の間で、人の生き様の考え方については、それほどの違いはないでしょう。しかし、その根本の考えはそれぞれに異なります。どちらが優れたものかを決めるのはむずかしいでしょう。そうではなくて、あなたが何を信じるかです。私自身は、主イエス・キリストが、優れていると信じています」

「キリシタンは、俺にも分かるものなんだ」

男の顔から緊張がほどけていた。

「人と人との付き合い方を考えてみましょう。もし人があなたの右の頰《ほほ》を打ったら、左の頰を差し出しなさいと言う言葉があります」

「神父さん、それはひどいよ。他人に叩かれたら、ずっと叩かれろと言うのは」

三十代の主婦が叫ぶように言った。

「目には目を、歯には歯をという言葉があります。これは乱暴をされたら、同じように打ち返せと言うことです。これが世間の考え方です。でも、そのようにすると、お互いがいつまでも、憎み合うことになるでしょう。ところが神様は、違います。神様のはたらきは、善人も悪人も、お日様の光で包み、同じように雨を降らせます。神様は、人が神様のはたらきと同じような心をつくることを求めているのです。右の頬を打たれた時、殴り返さないで、左の頬を差し出すのは神様の心と同じだと言われているのです。つまり、神様は、人の心の憎しみが、幸せをもたらさないと教えてくれているのです」

「なるほどね、理屈だよ。あたしが亭主とけんかすると、亭主があたしを叩くこともある。その時、あたしは、大人《おとな》にならなきゃいけないと、がまんする。そうすると、亭主も気持が落ち着き、手を出した俺が悪かったと頭を下げる。神父さん、こんなところかい」

ジェルマンは苦笑した。

「間違いじゃありません。大筋ではその通りです」

「神父さん、俺もちっとばかし、聞きたいことがある」

二番組の組頭内野藤右衛門が座り直した。

「キリストさんの神様には、どんな御利益《ごりやく》があるのかね。俺たちは、御利益のある神様や佛様に、お願い事をする。死んで極楽へ行くには、阿弥陀《あみだ》さん、農作物が豊かに実るにはお稲荷《いなり》さん、病気の回復には、お薬師《やくし》さんなどがある。キリストさんの神様は、一人で何でも引き受けちまうのかい」

「すみません、私は御利益という言葉を聞いたことはありますが、正確な意味は分かっていません。ですから、教えて下さい。御利益とはどんなものですか」

「改まって御利益とは何だと説明するのは、むずかしいよ。一言で言えば、それは神様や佛様の特別のはたらきのことさ。たとえば、家族の誰かが熱で苦しんでいる時、お薬師さんにお願いすると、熱が引いて、元気な体に戻るようなことだね。それには、それなりのお賽銭《さいせん》を出し、丁寧に拝んだよ。その拝む回数が多いほど効果があるといわれている」

ジェルマンは思う。日本には実に多くの神々と佛たちがいる。人びとは、必要に応じてそれらを使い分けているようだ。この人たちに、神は一つであることを理解してもらわなければならないと。

「藤右衛門さん、それは私たちとお店の関係に似ていませんか。私たちは、お金を払ってお店で欲しい物を買います。日本の神様や佛様に、お賽銭というお金を払うと、望むことがかないますか」

「店で物を買う時は、物の値段分の金を払えば、物は手に入る。しかし、たくさんのお賽銭を出したとしても、御利益を頂ける保証はないね。第一、お賽銭の額と御利益とのあいだに、はっきりとしたきまりはない」

「キリスト教の神様に、御利益はありません。御利益はみなさんが神様や佛様に、特別なことをしてもらいたいと期待することです。しかし、私たちの神様は、全ての人に平等です。ですから、人が特別なお願いをしても、それは実現しません」

「御利益がないのなら、キリシタンは、身内の誰かが病気になると、その回復を祈らないのかね」

「そうではありません。私たちは、病気になった家族のために祈ります。ですが、神様の御憐《おんあわ》れみとお恵みを願って祈り、神様のお計《はか》らいにまかせるのです」

「祈るとどうなるんだね」

「病気が回復するかどうかは、全て神様のはたらきによります。ただ私たちは、神様を信じ、神様のみ心のままにまかせ、身近な親しい人のために祈るのです」

「全て神様におまかせする信仰なんだね」

「その通りです」

「なるほど、神様に帰依《きえ》するんだ」

「人間心を捨てちまうんだ」

会衆の中から二三人の声が出てきた。

ジェルマンは思う。話は理解されているんだ。今交わされている問答は、キリスト信仰の根本にかかわることだ。キリスト信仰とは何か。人のさまざまな思いを捨て去り、全てを神様のみ心にゆだねることだ。それは、神様のみ心を抱いて新しく生きることを意味している。


我《われ》キリストと偕《とも》に十字架《じゅうじか》につけられたり。最早《もはや》われ生《い》くるにあらず、キリスト我《わ》が内《うち》に在りて生《い》くるなり

ガラテヤ人への書第二章第二十節

ジェルマンは、神の思いを伝える喜びに胸が浸された。少しずつ、一人ずつに神の声は届いている。話題は尽きない。時計が十二時を打った。

第八章　明治十一・十四年

三月二十四日、横濱・聖心教会。

オズーフ司教がジェルマンを呼んだ。

「下壱分方村での布教はどうなっているのですか」

「司教様、お尋ね頂いてうれしいです。村の中心となっているのは、山上作太郎さんです。作太郎さんは、村で皮革製造と質屋をしている有力者、山上春吉《やまがみはるきち》さんの息子です。この教会で私が洗礼し、伝道士として村で活躍しています。作太郎さんの妹カクさんも、熱心な信徒で、洗礼を希望しています。作太郎さんの伝道活動により、私が村を訪れると、数十人の人たちが、説教に参加します。教会を創りたいと募金もしているのです」

「テストヴィド神父、あなたのめざましい活動と、作太郎さんへの指導により、すばらしい状況になっていることがよく理解できました。私は村の人たちに会いたいと思います。ぜひ、連れて行ってください」

「ちょうど私は、明日、下壱分方村を訪ねる予定でした。喜んでお供します」


三月二十五日、神奈川往還、下壱分方村。

オズーフ司教とジェルマンは、早めの朝食を済ませると教会を後にした。

往還のあちこちに、桜が満開である。

「テストヴィド神父、あなたはいつもこの道を行くのですか」

「この一筋の道を行くのです」

「一筋の道を歩み続けるのが『巡回牧師』の使命ですからね」

「歩むことは楽しいことです。希望に向かって歩いているからだと思います」

「桜は美しいですね。春はこの国の自然が最も華《はな》やぐ時です。私はこの国に派遣されたことをよろこんでいます」

「司教様、私にも、日本は夢の国でした。司教様がパリの大神学院の院長をされている時、私は七人の仲間とこの国へ派遣されたのです。そして司教様も、今は日本北部の布教の総責任者として来られています。神様のご加護《かご》と恩寵を思わされます」

二人の足取りは軽やかだった。ジェルマンは、いつもそうしているように、鑓水の道了尊のある茶店で休憩、昼食を済ませて道を急いだ。

やがて下壱分方の村が見えてきた。

一軒の藁葺き屋根の上に、白地に大きな赤い十字架のついた旗がそよ風にはためいている。

「テストヴィド神父、あれは何でしょう。赤い十字架の旗ですよ」

「あそこは、作太郎さんの家です。集会所はもちろん、子どもたちのための学校にもなっているんですよ」

「この先の道に人びとが並んでいるが」

「村の人たちが私たちの到着を待っていてくれたんですよ」

出迎えの村人たちは、笑顔で二人にお辞儀した。

オズーフ司教は声をつまらせ、

「なんというありがたいことだろう。母国で教会を巡回しても、これほどの温かい歓迎を受けたことはない」

オズーフ司教はジェルマンと共に山上家を訪ねる。二間続きの座敷は人びとで埋め尽くされている。

このあと、希望している十二人に洗礼を施した。その中には、作太郎の妹カクがいた。

村人たちが喜びに沸いている中で、作太郎の父春吉は、警察に届け出る書類を二通作成していた。

届書《とどけがき》
右者此度横濱仏八十番《みぎはこのたびよこはまふつはちじゅうばん》天主堂教師《てんしゅどうきょうし》（ヲッフ）（テストビット）二名伝導之為出張今日《にめいでんどうのためしゅっちょうきょう》ヨリ来《きた》ル
三十一日迄止宿候間此段御届候也《さんじゅういちにちまでししゅくそうろうあいだこのだんおとどけそうろうなり》
明治十一年三月二十五日
九大区九小区　山上春吉

八王子駅
警察署御中

右戸長会議ニ付不在
代理書役　横川忠兵衛《よこかわちゅうべえ》

届書
右者《みぎは》去《さ》ル二十五日《にじゅうごにち》申上候《もうしあげそうろう》通《とおり》仏蘭西《ふらんす》天主教師《てんしゅきょうし》在留中《ざいりゅうちゅう》講義候《こうぎそうろう》ニ付《つき》広布《こうふ》ノ為《た》メ各処《かくしょ》江《え》立札《たてふだ》
候《そうろう》間《あいだ》此段《このだん》御届《おとどけ》候《そうろう》也《なり》
明治十一年三月二十七日

九小区　山上春吉
右戸長会議ニ付不在
代理書役　横川忠兵衛《よこかわちゅうべえ》

八王子駅
警察署御中

キリスト教信仰の自由が保障されている建前とは裏腹に、宣教師たちの活動は、治安当局に届け出ることが求められているのだ。

十月二十五日、下壱分方村。

オズーフ司教とジェルマンは、昨夜、山上家に泊まってこの日の朝を迎えた。

二人は、山上家の近くに新築された建造物の前に立つ。

間口五間（約九メートル）奥行き八間（十四・五メートル）の切妻造《きりづまづく》りの木造平家だ。それは村に創《つく》られた教会だ。正面玄関の上には「天主堂」の標識、棟の上には、高さ六尺（約一・八メートル）の櫓《やぐら》があり、その上には十字架が設けられてある。

「司教様、これが教会です。山上作太郎さんに伝道士をお願いしたのは、一昨明治九年のことでした。作太郎さんは、神様の話を村の人たちに話してきました。それから二年、信徒の数は五十人を超えました。山上家を集会所とした集いの度に、信徒の皆さんは、自分たちの教会を創ろうと基金を集めてきたのです。そのお金で教会は完成したのです」

「テストヴィド神父よ、山上作太郎さんの活躍は、あなたからの報告で聞いてきました。それと同時に、あなたがどれほど一生懸命に村を訪れたかも知っています。私はとてもうれしいのです。この教会の建物は、さほど大きいものではありません。しかし、この教会は、日本人が自分たちの手で創り上げた最初の教会です。その意義は、とても大きいのです。神様も喜んで祝福して下さると思う」

「司教様、教会のことで、ご報告しなかったことが一つあります。私にとってこの教会は、はじめて手がけたものです。とてもうれしいことですので、故郷にそのことを知らせたのです。すると両親が村の教会の信徒に話し、小さな鐘を贈ってきてくれたのです。鐘は教会の屋根の櫓におさまっているのです。私の小さな秘密でした。申し訳ありません。どうかご了解下さい」

「どうして、私があなたを叱るであろうか。これはフランスと日本とが一つの神に結ばれた絆《きずな》の証《あかし》ではないですか。すばらしいことです。おめでとう」

午前十時、教会の創立を祝う式典ミサがはじまった。

オズーフ司教は、聖句を引用し、愛こそが何物にも代えがたい美徳であると説いた。


たとひわれもろもろの国人《くにびと》の言《ことば》および御使《みつかい》の言《ことば》を語《かた》るとも、愛《あい》なくば鳴《な》る鐘《かね》や響《ひび》く鐃鉢《ねうはち》の如《ごと》し。（中略）愛《あい》は寛容《かんよう》にして慈悲《じひ》あり。愛《あい》は妬《ねた》まず、愛《あい》は誇《ほこ》らず、驕《たかぶ》らず、非礼《ひれい》を行《おこな》はず、己《おのれ》の利《り》を求《もと》めず、憤《いきど》ほらず、人《ひと》の悪《あく》を念《おも》はず、不義《ふぎ》を喜《よろこ》ばずして、真理《まこと》の喜《よろこ》ぶところを喜《よろこ》び、凡《おほよ》そ事忍《ことしの》び、おほよそ事望《ことのぞ》み、おほよそ事耐《ことた》ふるなり。（中略）げに信仰《しんこう》と希望《のぞみ》と愛《あい》とこの三《み》つの者《もの》は限《かぎ》りなく存《のこ》らん、而《しか》して其《そ》のうち最《もっと》も大《おおい》なるは愛《あい》なり

コリント人への前の書第十三章より

教会は、聖母マリアに因み「聖瑪利亜《せいまりあ》教会」と名付けられた。

説教が終わると、「信仰宣言」を歌う会衆の声が高らかに堂内に響く。

わたしは信《しん》じます　唯一《ゆいいつ》の神全能《かみぜんのう》の父《ちち》
天《てん》と地《ち》　見《み》えるもの　見《み》えないもの　すべてのものの造《つく》り主《ぬし》を
わたしは信《しん》じます　唯一《ゆいいつ》の主《しゅ》イエス・キリストを　主《しゅ》は神《かみ》のひとりこ

その時、鐘が鳴らされた。

「カーン、カーン、カーン」

鐘は共鳴し、乾いた音色で集落の家々に響いた。

ジェルマンは作太郎の手を握った。二人は何も言わなかった。それだけで、すべてのことがわかり合《あ》えた。ジェルマンは、胸がいっぱいだった。自分が手がけた教会が現実のものとなっているのだ。

作太郎の頬が涙で濡れている。

それを見守るオズーフ司教の眼も潤んでいた。


明治十四年一月十五日、府中《ふちゅう》・高安寺《こうあんじ》。

神奈川県北多摩郡府中駅の名刹《めいさつ》・高安寺本堂に、正午を期して多摩地域《たまちいき》の豪農衆《ごうのうしゅう》約百五十人が参集した。自治改進党《じちかいしんとう》を創立するという。この日に先立ち、野崎村《のざきむら》の吉野泰三《よしのたいぞう》、柴崎村の中島治郎兵衛《なかじまじろべえ》、府中駅の比留間雄亮《ひるまゆうすけ》らは、北多摩の豪農有志による懇親会を開きたいと呼びかけ、去る五日、府中駅の料亭・新松本楼《しんまつもとろう》で約百人が会合、一党派《いちとうは》の創立を呼びかけたところ、全員の賛同を得た。そこで北多摩全域《きたたまぜんいき》に枠組みを広げようとこの集いとなったのだ。

議長が党の規約を提案する。

自治改進党総則

第一条　我党《わがとう》ノ主義ハ人民自治ノ精神ヲ養成シ、漸《ぜん》ヲ以《もっ》テ自主ノ権理《けんり》ヲ拡充セシメントスルニ在《あ》リ

第二条　前条ノ主義ヲ拡張セン為《た》メニ、毎月一回会日《かいひ》ヲ定メ、演説又《また》ハ討論ノ会ヲ開ク可《べ》シ

大きな拍手で規約は確認された。

参加者には、共通した思いで結ばれている。

砂川源五右衛門は、眼をつぶり腕組みする。今こそ、何かをしなければならない。今なら、何かがはじまる、何かができそうな期待がある。

その何かが、今語られているのだと思う。

「人民《じんみん》」「自治《じち》」「権理」は、時代が産み出した新しい言葉だ。人民には、この国に住む誰もが差別されることはない平等だという思いがある。自治には、誰かに支配されるのではなく、誰もが主人公なのだという主張だ。そして権理とは、誰もが持っている、誰にも侵されないそれぞれの持ち分だ。

この精神を形作るのには、急激、過激に社会の変革を行うのではなく、急がず穏健《おんけん》に、ことを進めようというのが漸《ぜん》の方法だ。

参集した豪農の背後には、多くの自作農、小作農がいる。これらをひっくるめて社会の改良、発展を図るには、長い穏《おだ》やかなやり方でなければいけない。また、そうでなければ、成功は望めない。

こうした時代の言葉の中味は、これまでの社会には、なかったことだ。そしてこれまで誰もが経験したことはない。だからこそ、この言葉に勇気づけられる。この言葉の中身は、自分たちの手で確かめるより途はない。なぜか、この言葉に胸が高鳴るのだ。

議長が役員人事を提案。

社長　　砂川源五右衛門・砂川村

副社長　吉野泰三・野崎村

幹事　　本多義太《ほんだよした》・国分寺村《こくぶんじむら》

　　　　板谷元右衛門《いたやもとえもん》・柴崎村

　　　　比留間雄亮・府中駅

　　　　中島弥兵衛《なかじまやへえ》・府中駅

　　　　中村半左衛門《なかむらはんざえもん》・大神村《おおがみむら》

「異議なし」

「賛成」

源五右衛門は、拍手とざわめきに眼を開いた。演壇には、役員の氏名が張り出されてある。

源五右衛門は演壇に立った。

「不肖小生は、はからずもみなさんにより、党の社長に推挙して頂いた。身に余る喜びとともに、その責任の大きさを感じます。われわれの目指すところは、人民の自治であります。それはわれわれの精神の問題であると同時に、われわれの村の繁栄発展を遂げることにあります。みなさんと手をとり、互いに協力し合って、力強く進んでまいりたいと思うのであります」

源五右衛門は、自らの信念を口にした。口にしたことで、改めて活動への気力が充実してくるのを感じた。

会が終わると、役員が集まってきた。

副社長の吉野泰三は、代々家業は医者だ。そのかたわら剣術に励んで、天然理心流《てんねんりしんりゅう》の免許皆伝《めんきょかいでん》の腕前だ。源五右衛門と立ち会うと、温和な風貌に似ず、鋭い太刀《たち》さばきを見せる。幹事の本多義太は、国分寺の豪農・本多一族の重鎮《じゅうちん》、口を開くと熱弁をふるう。板谷元右衛門は、柴崎村の名主をつとめた家柄、学塾で、子どもたちを教育する。比留間雄亮は、物事の筋目を大切にする温厚な人だ。キリスト教伝道師の説教に自宅を開放するなどの開明派だ。中島弥兵衛は、府中で郵便局を営む。中村半左衛門は、天然理心流の剣術を修めている。

剣術を通じて交わりを結んでいる役員がいるのがおもしろい。幕末には、多摩地域の豪農の多くは、たしなみとして剣術の修行をするのが盛んだったからだ。

「みなさん、俺たち役員が党を引っ張ろうと言うんじゃない。党員のみなさんが、進みたい、こうしたいというのを世話どりするのが役目だと思う。よろしく頼みますよ」

「砂川さん、その通りだ。世話役として勤めましょうよ」

三月六日、小田原。

ジェルマンは軽く手を振って歩いて行く。かなたに小田原城の天守閣が輝いている。

春の気配を含んだそよ風が、法服の裾を流れる。道ばたのタンポポのつぼみはまだ小さい。三十二歳の心身は爽快だ。ジェルマンにとって伝道とは、まず歩くことだ。神様の話を聞いたことのない人を訪ねて聞いてもらう。そし神様の話を聞いてくれる人を訪ねるのだ。

巡回牧師であることをジェルマンは誇りに思う。パリの大神学院で聴いた巡回牧師の意義は、鮮やかに記憶している。


『…すべて主《しゅ》の御名《みな》を呼《よ》び求《もと》むる者《もの》は救《すく》はるべし』とあればなり。然《さ》れど未《いま》だ信《しん》ぜぬ者《もの》を争《いか》で呼《よ》び求《もと》むることをせん、未《いま》だ聴《き》かぬ者《もの》を争《いか》で信《しん》ずることをせん、宣伝《のべつた》ふる者《もの》なくば争《いか》で聴《いか》くことをせん。遣《つかは》されずば争《いか》で宣伝《のべつた》ふることをせん『ああ美《うるは》しきかな、善《よ》き事《こと》を告《つ》ぐる者《もの》の足《あし》よ』と録《しる》されたる如《ごと》し。

ロマ人への書・第十章・第十三節～第十五節

ジェルマンは、この聖句にこそ巡回牧師の課題が含まれていると信じる。この聖句に励まされてジエルマンは歩み続けるのだ。

訪ねる先は、町中《まちなか》の武家屋敷の一軒を買い取りジェルマンが創建《そうけん》した聖ヨゼフ教会。明治十二年ジエルマンが洗礼した二人の伝道士が民家を借りて布教にあたり、翌年には二十五人の信徒が生まれ、教会の基礎ができた。

ジェルマンは説教壇に立ち、話しかけた。

汝《なんじ》らは地《ち》の塩《しお》なり。塩《しお》もし効力《こうりょく》を失《うしな》はば、何《なに》をもてか之《これ》に塩《しお》すべき。後《のち》は用《よう》なし、外《そと》にすてられて人《ひと》に踏《ふ》まるるのみ。汝《なんじ》らは世《よ》の光《ひかり》なり。山《やま》の上《うえ》にある町《まち》は隠《かく》るることなし。また人《ひと》は燈火《ともしび》をともして升《ます》の下《した》におかず、燈台《とうだい》の上《うえ》に置《お》く。かくて燈火《ともしび》は家《いえ》にある凡《すべ》ての物《もの》を照《てら》すなり。かくのごとく汝《なんじ》らの光《ひかり》を人《ひと》の前《まえ》にかがやかせ。

マタイ伝福音書・第五章・第十三節〜第十六節

キリスト者であることこそが、地の塩、世に光をもたらすのであると、信徒を励ました。

第九章　明治十八・十九年

三月十二日木曜日、武州砂川村・聖トマス教会。

朝七時、島田角太郎は、晴れの日を迎えた教会の前に立った。教会は、砂川村二番組の五日市街道から四十メートル南に奥まった義父泰之進の屋敷内にある。あたりに人気はない。角太郎は、十字を切って深く頭を下げた。

建物の正面には門柱が立てられ、玄関まで背丈ほどの樹木が何本も植えられている。教会は間口四間（七・三メートル）奥行き八間（十四・五メートル）、白塗りの瓦葺き平家建てだ。正面の屋根には、十字架。天主堂の標札。角太郎は、教会の内部に足を運ぶ。北側にしつらえられた玄関を入ると、そこから朝日が五色に染まって射し込んでいる。聖堂の南端に十字架と燭台《しょくだい》のある祭壇が設けられ、その両横には、小さなステンドグラスが入っているのだ。東側に張り出しの廊下、信徒の座る身廊《しんろう》は板張りの床だ。また、祭壇の右手に小さなオルガンが置いてある。それはジェルマンのものだ。故郷ティヴェ村の信徒たちの寄付金で買い求め、ジェルマンが教会を創った時に、役立てて欲しいと贈ってくれたのだ。ジェルマンは砂川の教会の基盤を固めた。

砂川村では、八王子の聖瑪利亜教会に次いで懸命に伝道に励んだ。だから格段の思い入れがある。そこで、ぜひオルガンを贈りたいと申し出たのだ。

砂川村で神の教えが初めて説かれたのは、角太郎が十二歳の明治九年のことだった。角太郎も二十一歳となっている。

それから九年、信徒たちは、いつかは教会を創ろうと、集まりのたびに少しずつ献金し続けてきたのだ。

午前九時過ぎ、人びとが集まりはじめた。

三ツ木村の比留間邦之助が荷物を積んだ大八車を引かせて姿を見せた。

「めでたいことだ。私は神父さんが教会に泊まった時に、よく眠れるようにと夜具を持ってきたんだよ」

荷物をほどくと、絹布《けんぷ》の布団が現れた。

羽織で正装した男女の信徒約八十人がつぎつぎと訪れ、教会の堂内には、小さな話の輪がいくつもできた。

黒い法服の四人の神父が元気に歩いてきた。エブラル、ロコント、リギヨル、レーだ。

村の人たちも、見物に詰めかけてきた。教会を取り巻いて人垣ができ、五日市街道まであふれ出る始末だ。

午前十時、ミサを主宰するエブラル神父が祭壇に立った。

「きょうここ武蔵国北多摩郡砂川村に、わが主イエス・キリストがわれら人間の罪をつぐなう教会が完成いたしました。この教会はキリストの十二人の使徒の一人であるトマスの名を冠《かん》します。聖トマス教会であります。トマスは、インドに赴き、異教徒たちの奥地まで分け入り、神の教えを説き、その地で満身に槍を受け殉教したと伝えられます。私たちはトマスの熱烈な信仰に学んでいきたいと思います。さて、今日の慶《よろこ》びの日に到る道筋には、テストヴィド神父がしっかりと礎を固め、伝道士一条鉄郎《いちじょうてつろう》さんのたゆみない努力があったのです。さらに信徒の皆さんの信仰心が一つとなって燃え上がった結果であります。教会は、私たちの心のよりどころとして、ますます堅く強く結ばれ、また神の教えを一人でも多くの人たちに伝えて行くことにしたいのです。ここに、教会の誕生を祝い、ただ今から献堂式のミサを執り行います」

ロコント神父がオルガンを弾く。

天使祝詞《てんししゅくし》（アヴェ・マリア）
めでたし聖寵充満《せいちょうみちみ》てるマリア、
主《しゅ》御身《おんみ》と共にまします。
御身《おんみ》は女《おんな》のうちにて祝《しゅく》せられ、
御胎内《ごたいない》の御子《おんこ》イエズスも祝《しゅく》せられ給《たも》う。
天主《てんしゅ》の御母《おんはは》聖《せい》マリア、
罪人《つみびと》なるわれらのために、

今《いま》も臨終《りんじゅう》の時《とき》も祈《いの》り給《たま》え。

アーメン

柔らかいオルガンの旋律《せんりつ》にあわせ、信徒たちは歌う。そのメロディは二番組の集落を包み、梅の花を撫で、麦畑の上を転がっていった。

八王子の聖瑪利亜教会を代表して榎本いん子が祝辞を述べた。

「カトリックの教えは、われわれが天国に到る道を明らかに示して下さいます。この尊き教えを、それは私がことさらに、述べ立てるまでもなく、既にみなさまは、よく理解されているところでございます。ただか弱き女の身でこの教えを人びとに伝える力の乏しいのを、嘆かないではいられません。きょう、砂川村に新たな聖堂が建設されたのに際し、大いなる慶びを禁じえません。本日お集まりの信徒のみなさんは、百人を超えておられます。これから教会がますます発展されることを祈念《きねん》いたします」

ミサが終わると、洗礼を希望していた志願者十九人の洗礼が行われた。

式典が終わると、赤飯が振る舞われた。教会の中は賑やかな話し声に満たされた。

夜に入り、エブラル師による説教が行われた。

幸福《さいはひ》なるかな、心《こころ》の貧《まず》しき者《もの》、天国《てんごく》はその人《ひと》のものなり。幸福《さいはひ》なるかな、悲《かな》しむ者《もの》、その人《ひと》は慰《なぐさ》められん。幸福《さいはひ》なるかな、柔和《にゅうわ》なる者《もの》、その人《ひと》は地《ち》を嗣《つ》がん。幸福《さいはひ》なるかな、義《ぎ》に飢《う》え渇《かわ》く者、

その人《ひと》は飽《あ》くことを得ん。幸福《さいはひ》なるかな、憐愍《あはれみ》ある者《もの》、その人は憐愍《あはれみ》を得《え》ん。幸福《さいはひ》なるかな、心《こころ》の清《きよ》き者《もの》、その人《ひと》は神を見《み》ん。幸福《さいはひ》なるかな、平和《へいわ》ならしむる者《もの》、その人《ひと》は神《かみ》の子《こ》と称《とな》へられん。幸福《さいはひ》なるかな、義《ぎ》のために責《せ》められたる者《もの》、天国《てんごく》はその人《ひと》のものなり。我《わ》がために人《ひと》なんぢらを罵《ののし》り、また責《せ》め、詐《いつは》りて各様《さまざま》の悪《あ》しきことを言《い》ふときは、汝《なんぢ》ら幸福《さいはひ》なり。

マタイ伝福音書・第五章第三節〜第十一節

「ある時、主イエス・キリストは、山に登り大勢の群衆に話しかけられたのです。今読み上げた聖句の中で、イエスは八回『幸福なるかな』と祝福の言葉を投げかけています。一瞬、これには謎めいた不可解な印象を感じます。しかし、これは外見的な充足感ではなく、イエスの慈しみの愛に満ちているのです。たとえば、『心の貧しき者』とは、自らの貧しさを心から認めて、ひたすら神を信頼する人のことです。まさにそうした人こそ、天国に迎え入れられるのです。この八項目を心静かに味わって下さい。そこにはイエスの姿とイエスが命を賭けて実現されようとする至福の心を汲み取ることができるはずです」

これから教会は、堺幸助《さかいこうすけ》、内野茂兵衛《うちのもへえ》、堺周平《さかいしゅうへい》、境弥兵衛《さかいやへえ》、それに伝道士一条鉄郎の五人が信徒代表としてとりしきる。

教会は単に教会であるばかりでなく、宣教学校として付属の小学校を運営する。村の小学校の月謝を支払えない家庭の子どもたちを無料で教育するのだ。すでに三十人が希望している。宣教学校は、宮城県から来た一条鉄郎が教師を勤める。

この日、ジェルマンは小田原を歩いていた。足取りも軽い。オルガンが聖トマス教会の献堂式に賛美歌を奏でるとうれしかった。また、角太郎からのはがきが手元にある。そこにはかならず、オルガンの音色《ねいろ》を確かめに来て欲しいとあった。

*

九月十二日、築地・聖ヨゼフ教会、皇居。

午前十時、宮内省からの貴賓用の馬車二両が築地の聖ヨゼフ教会に差し向けられた。一両目には、オズーフ司教とミドン副司教が同乗、二両目には浅草教会主任司祭プロトランドが乗り、一旦、永田町のフランス国公使館に寄り、公使キェウイツと書記官を同乗させ、二名の騎兵の先導によって赤坂の仮皇居に向かった。

仮皇居に到着した一行は、午前十一時、式部頭《しきぶのかみ》の案内で参内、フランス国特命全権公使ジョセフ・アダム・シエン・キェウイツが、天皇にオズーフ司教を紹介し、表一の間で謁見が行われた。続いて日本政府側からは外務卿《がいむきょう》井上馨、宮内卿伯爵伊藤博文《くないきょうはくしゃくいとうひろぶみ》、式部長官侯爵鍋島直大《しきぶちょうかんこうしゃくなべしまなおひろ》らが出席、待立《じりつ》する中でオズーフ司教は、次のような挨拶を天皇に申し上げた。

「天皇陛下、レオ十三世教皇《きょうこう》が、陛下の治め給う日本国に起こりし進歩を祝《しゅく》し、他の世界中の大なる国々の帝王の如く、陛下に親密なる交際を結びたく思っております。ことに教皇は、陛下の政事《まつりごと》の大なる高き望みをどこまでも大切に思い、また格別に陛下の御身《おんみ》に対してその心にいかなる親愛の情を懐けるかを、陛下に直ちにお知らせしたいと今、陛下に書簡を差し上げるため、教皇がオズーフを召し、その代理としてこの書簡を陛下にさしあげることを命じられたのであります。願わくば、陛下の治め給う日本国に起こった進歩がますます進歩し栄えていきますよう、また、陛下の誉《ほま》れと日本国民の幸福を切に祈念するものであります」

オズーフ司教は、レオ十三世の親書を天皇に奉呈した。

神聖なる天皇陛下、海山遠く隔《へだ》たるとはいえ、私は陛下がひたすら日本国の隆盛《りゅうせい》に努力なさっていることを存じております。そもそも天皇陛下が国民の風俗、教育に力を注がれるのは、陛下の聡明英知《そうめいえいち》を証明《しょうめい》するものであります。社会秩序《しゃかいちつじょ》が安定しているのは、最も国民をして知恵《ちえ》と誠実《せいじつ》さを享受《きょうじゅ》する徴《しるし》であります。また、私は日本国におけるフランス人神父と日本人信徒を温かく受け入れていただいていることに感謝いたします。国の基礎は、正しき道にあります。日本人信徒は、信仰を深めると共に、国の君主《くんしゅ》に忠義《ちゅうぎ》をつくし、国法《こくほう》を守り、平和《へいわ》を大切《たいせつ》にするものであります。

明治天皇は、日本におけるキリスト教宣教師の保護と、日本人信徒も他の国民と同様の保護が与えられると言葉をかけられた。十一時三十分、謁見が終わり、別室で茶菓子《ちゃがし》、巻きたばこなどが差し出され、正午、仮皇居を退出。

明治十九年十月四日、御殿場《ごてんば》・鮎沢村《あゆさわむら》。

収穫を終えた鮎沢村の稲田には無数の切り株が残っている。田の土が乾いていた。刈り取られた稲の束は、田ごとに稲架《はさ》にかけられ乾燥している。

秋の日差しの中をジェルマンは歩いていた。歩き続けた体がほてって喉の渇きをおぼえた。目の前に、水車小屋《すいしゃごや》があった。小川のせせらぎの水を受けて、水車が回っている。ジェルマンは、水車からのこぼれ水を掌に受けて口に含んだ。

その時、小屋に付属した物置と見えるところで、何かが動いた気配がした。

ジェルマンは、しゃがみ込んでのぞき込んだ。丸まった布地が僅かに動いている。ジェルマンは瞳をこらす。大きい丸と小さい玉が二つある。よく見ると、小さい玉は頭だ。髪の毛が乱れたままになっている。どうやら女性らしい。大きい玉はボロ布のかたまりのようだが、それはうずくまった人間だと分かった。そこからは、悪臭が洩れてくる。

ジェルマンは声をかけた。

「今日は」

「………」

「今日は」

ゆっくりと頭が回り、顔があらわになった。傷つき、ただれた顔がそこにある。眼は半ば、閉じられていて視線が宙に浮いていた。盲目なのだ。ジェルマンは、思わず息をのんだ。

「今日は」

「こんにちは」

初めて返事が返ってきた。しわがれてはいるが意外と若い声だ。

「ここに住んでいるのですか」

女は、とつとつと語りはじめた。

「あたしが、こんな病にとりつかれたので、家を出され捨てられて、ここにいるんです」

「あなたのお名前はなんと言いますか」

「あたしはこの村の生まれです。名前を言うと家の恥になりますから、申せません。あなたはどこの誰ですか。聞いたことのない話し方をされる」

「私はフランス人です。カトリックの神父です」

「キリストさんは優しい。あたしのような者に声をかけてくれるなんて」

「神様は、どんな人にも優しいのです。私はその神様の声を取り次いでいます」

「神父さん、あたしの身の上話をしましょう。あたしは、村で産まれて二十歳になった時、嫁にいきました。亭主は良い人でしたから、幸せでした。子どもにも恵まれて暮らしているうち、三十歳になった頃、病気が出たんです。はじめは顔の吹き出物と思っていたんですが、だんだん、顔が崩れてきたんです。医者に診てもらいましたら、ハンセン病と言われました。この病気は直ることはないと言われました。親戚《しんせき》や近所の人たちが、伝染《でんせん》するといけないと、あたしを避けるようになりました。やがて、優しかった亭主も冷たくなりました。家を守るためには、お前を捨てるしかないと、この水車小屋の横に、小さな小屋を建て増ししてて、入れられたのです。病気が進み、眼が見えなくなりました。そのため、自分で炊事もできなくなりました。今では、一日に一回、飯を届けてくれるだけです。あたしの兄は、僧侶《そうりょ》です。兄は、お前のような者がいるおかげで、みんなが迷惑していると叱《しか》ります。命をちぢめようと思いましたが、体が不自由でそれもできないのです」

そう言い終わった女の眼から大粒の涙がこぼれでた。

ジェルマンの背筋に、戦慄が走った。これは神の手引きによる出会いだと直感した。「神の国は微少《びしょう》なる者のためで、偉大なる者のためではない、貧しき者、謙遜《けんそん》なる者のためで、富める者、傲慢《ごうまん》な者のためではない」という聖句が浮かぶ。神の慈悲《じひ》を社会のどん底に喘《あえ》いでいる人に伝えるのだと悟った。

十一月二日、御殿場・鮎沢村。

ジェルマンは、水車小屋を訪ねる。

「今日は、お変わりありませんか」

「こんにちは」

女の返事だ。

「きょうは、私の神様の話をしてもいいですか」

「キリストさんの話は、聞いたことがありません」

「神様は、すべての人に平等です。分け隔てすることはありません。神様は、私たちがそれぞれ幸せに暮らすことを願っておられます。幸せになるためには、お互いが、お互いをいたわる心になればよいのです。そのいたわりの心、優しい心を、愛と言います。私たちにとって、愛が一番大切なことです。神様は、私たちの思いを聞いてくれます。神様を信じて、心を穏やかにすることが大切です」

「神父さん、こないだ、初めて会った時もそうでしたが、あたしはうれしい。なぜかと言えば、神父さんが優しく話してくれるからです。優しい心を愛と言うなら、あたしは今、愛を感じています。むずかしいことは分からないけど、あたしはキリストさんの信心をしたい」

「キリスト教を信じる人には、洗礼をします。清らかな水を頭にたらし、神様に祈るのです。そうすることで、神様と結ばれるのです」

「神父さん、あたしに洗礼をしてください」

「そのことをよく考えたのですか」

「あたしの眼が見えていた時分から、たいていの人はあたしを見ると、眼をそむけて近寄らないのです。でも神父さんは違う。あたしのそばに来て、優しく話してくれる。そんな神父さんが信心しているのだから、きっと優しい神様だと思うのです」

ジェルマンはうなずいた。それは立派な信仰の告白だからだ。

「分かりました。それでは、今から洗礼をしましょう」

ジェルマンは、小屋のかたわらに生えている彼岸花《ひがんばな》を摘んだ。肩から提げていた竹筒の水筒もそばに置いた。肩掛けかばんからハンカチを取り出し、女の頭に載せた。

「それでは、私が言葉を唱えますから、その後に同じ言葉を唱えてください」

女がうなずいた。

「われは、天地の創造主《そうぞうしゅ》、全能《ぜんのう》の父なる天主を信じ、またその御独子《おんひとりこ》、われらの主イエス・キリスト」

「われは、天地の創造主、全能の父なる天主を信じ、またその御独子、われらの主イエス・キリスト」

「即ち聖霊によりてやどり童貞マリアより生れ、ポンシオ・ピラトの管下にて苦しみを受け、十字架につけられ、死して葬られ、古聖所《こせいじょ》にくだりて三日目に死者のうちによみがえり……」

「即ち聖霊によりてやどり童貞マリアより生れ……」

「……われは聖霊、聖なる公教会、諸聖人の通功、罪のゆるし、肉身のよみがへり、終わりなきいのちを信じたてまつる。アーメン」

「……終わりなきいのちを信じたてまつる。アーメン」

「よくできました」

ジェルマンは、水筒から水を右掌に注いだ。

「私テストヴィドは」

「父と」

掌の水が水滴となって頭に落ちる。

「子と」

水滴は頭にしたたる。

「聖霊のみ名より、あなたに洗礼を授けます。」

ジェルマンは、カバンから小さな油の容器を取り出して指に執り、女の額に十字を描いた。

「終わりましたよ。これであなたはキリスト教の信徒です。信徒になったのですから、信徒の名前を頂きましょう。あなたのこれからの名前はモニカとしましょうね。モニカさん」


十一月十七日、御殿場・鮎沢村。

ジェルマンは、ハンセン病患者を収容するため、貸してくれる農家はないかと鮎沢村の中を尋ね歩いた。たまたま、一軒の農家が貸してくれると申し出てくれた。ジェルマンに余分な金はない。家賃の支払いに充てる金を調達しなければと思っていた矢先、思いがけない金が手に入った。パリの大神学院の恩師デルペシ神父が、布教に役立て欲しいとまとまった金を送ってくれたのだ。

ジェルマンは、水車小屋のモニカを借家に引き取った。モニカの食事をはじめ、身の回りの世話は、大家の妻女に頼んだ。

「神父さん、ありがとうございます。とてもうれしいのです。体のことは、どうしようもないことです。私のような者をまともな一人の人間として扱ってくださるのがうれしいのです。」

モニカの声は喜びに弾んでいる。

ジェルマンは、借家で生活しはじめた。


十一月二十二日、御殿場・鮎沢村。

ジェルマンは、御殿場を重点的に歩いた。借家ができてから、数日の内に物乞いをしている一人の男のハンセン病患者見かけて収容した。

十一月二十八日、御殿場・鮎沢村。

御殿場にハンセン病患者が、特に多いということはない。ジェルマンが、患者を収容する施設を創ったという風評が広まったのかも知れない。なぜかジェルマンの前に、一人二人と相次いで患者が現れたのだ。

十二月七日、御殿場・鮎沢村。

村に住んでいる者だが、患者の父が家にいるのは、何かと不都合なので、引き取ってもらえないかと頼まれた。

合計六人の患者を借家に収容することになった。

患者の病状は、着実に進行していく。

一人の顔は、伸びて顔の輪郭《りんかく》が崩れて膨れあがり、鼻は落ち、唇《くちびる》は反《そ》り返り、瞼《まぶた》は充血《じゅうけつ》している。他の一人は、顔一面が赤色の傷で覆われている。女の他に盲目の男もいる。

ジェルマンは、「ホアンナン」というインドシナで使われる薬品を手に入れた。ジェルマンがこの薬を患部に塗布《とふ》すると、化膿《かのう》が減り、潰瘍《かいよう》が薄紫色《うすむらさきいろ》だったのが、きれいな紅色《べにいろ》に変わった。二週間もすると、じくじくとしていた傷が固まりかけた。触ると疼痛《とうつう》を訴えた腕を強く摩擦《まさつ》しても平気になっていた。

ジェルマンは貧しい不幸な人たちに、神が慈悲の手を伸ばしているのだとうれしかった。

ジェルマンは、この借家を核とし、木造二階建ての家屋を建て、一階を患者たちの聖堂とし、二階を宣教師の宿舎にしようと構想した。幸い、恩師からの寄付金も残っている。大工に建築の手配をすませた。

第十章　明治二十・二十二年

一月十三日、御殿場・鮎沢村。

木造二階建ての家屋が完成した。聖堂は、四世紀に殉教した若いギリシャの王女の名にちなみ、フィロメナと命名した。ジェルマンは、この聖堂でミサを執行《しっこう》し、説教した。会衆は六人の患者である。

一月二十日、御殿場・鮎沢村。

大家《おおや》の男がジェルマンに訴えた。

「神父さん、実はお貸しした家を空《あ》けて欲しいんです」

「何があったんですか」

「神父さん、この家には、ハンセン病患者を一人だけ住まわせるのだと思って貸したんですが、六人もの患者が入っていて、村の衆が気味悪がっているんです」

「あなたとお話しして、借用証書を作った際には、私がどのように家を使うかは、何一つ問題になっていませんよ。それにハンセン病患者は、きちんと治療すれば、恐ろしいものではありません」

「そりゃ、神父さんの言うとおりです。村の衆は、ハンセン病患者がいることが気に入らないんです」

「大家さん、あなたが村の衆に、どのような賃貸契約《ちんたいけいやく》になっているかを説明すれば、済むことじゃないですか」

「それもその通りです。ただ事情は、もう少しこみいっているんです。恥を忍んでぶちまけますが、私は村の衆に借金《しゃっきん》があるんです。村の衆の言い分は、借金を返済しろ、それができないなら、神父さんに家を空けてもらえと言っているのです」

「大家さん、あなたの借金は、あなたの問題で、私とは関係がありません。それに、私は約束した家賃をきちんと支払っています。ですから、あなたの借金は、あなたと村の衆とで話すことですね」

「村の衆は、私が借金を返済できないのを知っているんです。だから、家のことと借金を関係づけて言っているんです。それに私は病気がちなので困っているんです」

「突然、家を空けろと言われても、困りますし、あなたの言い分は筋が通りません」

「神父さん、私の弱い立場も考えてくださいな」

ジェルマンは頭を抱えて考えた。大家の申し出は、まるで筋違いのものだ。それが理不尽《りふじん》であることを大家にも主張した。問題は、大家の借金にあるのではない。ハンセン病患者の収容施設が村に出現したことにあるのだ。その方便として、村の衆は、大家に借金を返せと言い続けるだろう。愛と慈《いつく》しみを説く宗教者《しゅうきょうしゃ》として、どうあるべきかを考えねばと思う。

気の弱い大家を追い詰めるような状況にしておいてよいものだろうか。それに、ハンセン病施設が非難の対象となるのは、家を借りているからだ。自分の所有地に、自分の施設を建ててさえいれば、どれほど無理解な人びとから非難されても、追い出しの対象となることはない。

それと、一軒の農家に収容できるのはせいぜい十人だろう、それ以上は無理だ。大勢の患者を受け入れて、ハンセン病患者救済《きゅうさい》の展開《てんかい》をはかるには、新たに病院を建築することが何よりだ。大家の申し出がキッカケとなって、ジェルマンは、自らの土地を確保することを決意した。

それには、相当な資金が必要だ。パリ外国宣教会には、それに応じる財政的余裕がない。内外の多くの信徒の寄付に待つことになる。

一月二十二日、静岡県駿東郡役所《しずおかけんすんとうぐんやくしょ》。

竹内寿貞は、四年前の明治十七年から静岡県駿東郡の郡長《ぐんちょう》を務めている。西南戦争での戦友が推薦してくれたのだ。明治維新の際、徳川家はそれまでの将軍職を離れ、駿河・遠江を領国として与えられた。それに伴い、多くの家臣も江戸から移住した。その中の旧幕府陸軍局にいた男が、警視庁抜刀隊で、寿貞と共に戦った。幕府と伊達藩は、新政府から朝敵とされたことから、仙台出身の寿貞との間には、自ずから親近感が生まれる。戦後、引き続き警視庁にいたその戦友が寿貞に声を掛けてくれ、この職につくことができたのだ。

武士にとって、生活するとは、主君に仕えることだった。それが、維新で崩壊し、将来が見通せない日々が続いていた。

寿貞には、思いがけない成り行きだった。地方行政機構の中の監督者として、新政府に仕えることになったのだ。もう命をかけて刀を振るうこともない。何よりも、大きな国家組織の中の一員であることに心が安まった。俸給は五十円、ゆとりのある生活が保障されている。

駿東郡は伊豆半島《いずはんとう》の西側の付け根に位置する。明治十二年以降、静岡県に郡の制度がしかれた。その十三郡の一つだ。富士山を西北に仰ぐ。その南麓には愛鷹山《あしたかやま》が延びる。東方には、足柄山《あしがらやま》・箱根山《はこねやま》が連なる。その渓谷から北東に流れるの鮎沢川《あゆさわがわ》は酒匂川《さかわがわ》に合流する。南に流れる黄瀬川《きせがわ》は、狩野川《かのがわ》に流れ入る。南部の裾野《すその》には、田園《でんえん》が広がり、豊かな実りをもたらす。北部は、水利に恵まれていることで、工業《こうぎょう》も盛んだ。四町二十三村の人口約十三万人。温暖な気温に恵まれている。

駿東郡役所は、沼津町に置かれている。部下には十人の書記、教育全般を管理する郡視学《ぐんしがく》一人、事務員七人がいた。

郡長室に書記の一人が、

「郡長、カトリックのフランス人の神父が、郡長にお願いしたいと訪ねてきておりますが」

「どういう用件か聞いたのかね」

「病院を建設したいと言っていますが、普通の病院ではありません」

「病院に普通と普通でないのがあるとは、どういうことかな」

「何と申しましょうか、普通の病院とは、伝染病以外の病気を取り扱うもので、私どもがふだんかかるところです。伝染病は隔離病院《かくりびょういん》がありますから、これもわかります。ところが、計画している病院は、ハンセン病患者を収容するいうのです。私は世の中に、こんな病院があるとは、知りませんから、普通でない病院と申しました次第であります」

「わしにもはじめてのことだ。郡内のどこに建てようというのかね」

「御殿場一帯の適当な場所に土地を求めて、そこに建てたいとのことです」

「あんたは、この一件につき、よく知っているようだが、状況を話してくれんかね」

「一年ほど前から、天主教の一人の神父が御殿場に姿を見せるようになりました。巧みに日本語を話し、人を集めて説教するのです。すでに土地の何人かは、信心しはじめているとのことです。この神父が女のハンセン病患者を見かけ、手当をしようと、空き家となっていた一軒の農家を借り受けたのです。ところが患者が六人に増えたので、この際、一思《ひとおも》いに病院を建てようと計画したのです」

「あんたは、詳しい経緯を知っているが、誰かから聞いたのかね」

「いやそうではありません。この神父さんに訊《たず》ねると、洗いざらい話をしてくれるんです。ですから、土地の者はよく知っています」

「病院を建てるには、それなりの金が必要になるが……」

「フランスにある神父さんの実家というか、本山というか、そちらにお願いして金を工面《くめん》する言っています。足りなければ、寄付を求めるとも……」

「ところで本件の神父は、なんという名前かな」

「テスト……、テスト……」

寿貞は、書記官の顔を凝視した。

「もしかして、当てずっぽうだがテストヴィドではないかい」

「いや、そうです。なんだ、郡長はご存じだったんじゃないですか」

「テスト……という名前に心覚えがあったものだから、思わず口にしたまでのことさ。しかし、やはり、そうだったのか」

寿貞は、吐息をはいた。

「郡長、本人がテストヴィドなら、この神父をご存じなのですね」

忘れられない名前だ。

「そうであるなら、この人物は、わしの若い頃の知り合いの一人だ」

「人の世の縁《えにし》とは、不思議なものですな」

「本人をこちらへ通して」

姿を現したのは、紛《まぎ》れもないジェルマンだった。昔に変わらず碧い澄んだ瞳が輝いている。寿貞は、ジェルマンと出会った砂川村のことを想起した。

「おや、竹内さんじゃないですか」

「ジェルマン、久しぶりだね」

二人は、しっかりと手を握りあった。

「昔話は後にしよう。あなたは、何をしようとしているのですか」

「私は、ハンセン病患者の病院を創《つく》りたいのです。そのためには土地が要《い》ります。また、この病院を創ろうとすると、反対する人もいます。役所の許可が要ります。患者のための医者、看護人が要ります。病院を建築しなければなりません。そして、これを実現するための資金が要ります」

「ジェルマン、役所が持っている土地を手当てするとなると、病院が特別の病院だから付近の町村の同意が必要となるだろう。それには、厄介な手間がかかる。だから、個人の持っている土地を購入することにしたほうがよいと思う。病院を創る許可については、協力できると思う。ハンセン病患者の病院は、まだどこにもないが、患者がいる限り、どこかには創らなければならない。そのお手伝いはしよう。また、静岡県の関口隆吉《せきぐちりゅうきち》知事宛に、私から推薦状というか、紹介状を書くから、それをもって訪ねるといいよ」

「竹内さん、ありがとうございます」

「ジェルマン、あんたは昼飯はすませたの」

「まだです」

「それじゃ、昼飯を取り寄せるから一緒に食べよう」

「昔と同じですね。喜んでご馳走になります」

「ジェルマン、あなたはいつでも空腹にしているんだ」

二月二日、横濱にて。日本北緯教会教皇代理司教宛にジェルマンの報告書。

日本北緯教会教皇代理司教

アルシノエ司教　オズーフ閣下

御殿場付近ニハンセン病病院ヲ創立スル計画ニツキゴ報告イタシマス。今ヤ私ノ仮ノ病院ハ

手狭《てぜま》ニナッテキテオリマス。現在ノ設備デハ、六人ノ患者ヲ収容シテオリマスガ、更ニ三四名ノ新シイ患者ガ現レマストトテモ収容デキマセン。コノ事業ヲ継続・発展サセヨウト思エバ、ドレホド小サクテモ病院ヲ建築シナケレバナリマセン。

コノタメ第一ニ、富士山麓ニ数千坪ノ土地ヲ所有スル信徒カラ買イ求メタイト思イマス。

コノ土地ハ、一般民家カラ遠ク離レ、林モアッテ冬場ノ燃料トナル薪《たきぎ》モ確保デキマス。小川モ流レテオリ、病院設備ニ必要ナ水ヲ確保デキマス。マタ、ヤガテ敷設《ふせつ》サレル予定ノ中仙道《なかせんどう》ト東海道《とうかいどう》ノ鉄道線路ニモ近イノデス。多少ノ労働ニ耐《た》エル患者ヲ農業ト養蚕《ようさん》ニ従事サセル農地ヲ廉価《れんか》デ譲渡《じょうと》シヨウト申シテオリマス。

第二ニ地方当局ノ許可ニツイテハ、私ガ駿東郡長ト静岡県知事ト懇意《こんい》ニシテヲリマスノデ問題ハナイト信ジマス。

第三ニ、看護人モ手当ガツイテオリマス。コノ人ハ確固タルキリスト教信徒デ、ソノ宗教的信念ハ深ク、通常ノ人ニハ耐エガタイ患者ノ世話ニアタルトシテイマス。コノ人ハ、自分ト家族ノ食料トシテ、一ヶ月五円ノ給料デ看護ニアタルコトヲ承知シテイマス。

第四トシテ、私ハパリ外国宣教会ノ財政ガ困難デアルコトヲ知ッテオリマスノデ、経費ノ支給ヲオ願イスルコトハアリマセン。

以上、申シ上ゲマシタコトニツキゴ承認頂キタイノデス。

私ハコノ事業ガ衛生上、危険ナコトデアルコトヲ承知シテオリマス。何時ノ日カ、私モハンセン病ニ感染スルコトガアルカモシレマセン。ソレモ神ノ摂理《せつり》デアリマス。

閣下ノ従順ナル僕《しもべ》

宣教師　ジェルマン・レジェ・テストヴィド

二月八日、築地・聖ヨゼフ教会にて。オズーフ司教のジェルマン宛書簡。

我ガ親愛ナルテストヴィド神父

私ハアナタガ担当地域デ計画シテイルハンセン病患者ノタメノ病院建設ヲ神ガ祝福《しゅくふく》サレルコトヲ祈リマス。

私ハ日本国内ニハンセン病患者ガ相当数イルト聞イテイマス。コノ不幸ナ患者ノタメニ、病院建設ノ必要ガアリマス。タダパリ外国宣教会ニハ資金が不足シテイルタメ、コノ慈善事業ニハ手ガマワリマセン。タダ私ハ、アナタノ計画ニ賛同《さんどう》スル慈善家《じぜんか》ノ協力ニ期待スルモノデアリマス。

日本北緯教会司教《ほくいきょうかいしきょう》　アルシノエ司教

ペトロ・マリヤ・オズーフ

五月十五日、横濱・聖心教会にて。ジェルマンの募金依頼状。

ジェルマンは、病院建設は、すべて教団の資金に頼るのではなく外部の寄付を仰ぐことになると決意した。

募金依頼状

日本のハンセン病患者のための病院設立のため、この小パンフレットをお送り申し上げることをおゆるしください。この仕事に対しご理解頂けますことを信じ希望しております。金額の多寡《たか》ではなく、あなた様の寛大《かんだい》なお心におすがり申し上げます。

ご協力を感謝します。なお、ご送金は左記住所へお送り下さい。よろしくお願い申し上げます。

テストヴィド拝

敬愛するみなさま

住所・横濱八十番、横濱聖心教会

パリ市バック街一二八、パリ外国宣教会

五月二十二日、横濱・聖心教会にて。ジェルマンの寄付金への礼状。

ジェルマンの呼びかけに、マルチーネ神父から寄付が寄せられた。ジェルマンはすぐに礼状を認《したた》めた。

日本のハンセン病患者を救うため、私宛の寄付金ありがとうございました。おかげさまでこの仕事は順調です。この施設をはじめるのに、よい時であったことを喜びと共にご報告申し上げます。……最も小さき者へのほどこしに百倍のむくいを約束なさった主が、あなたの上にお眼を止めて下さいますように。……この計画が大きくなるにつれ、だんだん不安になりましたが、もしそれが神のお望みのことなら成功するでしょう。最後にあなたのために祈ります。

感謝と共に　テストヴィド拝

六月、御殿場・鮎沢村。

ジェルマンは、収容している六人を、それぞれの家族のもとへ戻した。夫に捨てられたモニカには、再び、水車小屋に戻った。

十一月十八日

源五右衛門は、一通の書面を開いた。

過日《かじつ》御問合《おといあわせ》及《およ》ビ候《そうろう》桑苗《くわなえ》ノ義《ぎ》追々《おいおい》騰貴《とうき》候《そうろう》趣《おもむき》ニテ本年《ほんねん》ハ見合《みあわ》ス方可然様《かたしかるべきよう》御勧告《ごかんこく》ノ次第《しだい》モ候《そうろう》処《ところ》左記《さき》ノ分《ぶん》ハ是非《ぜひ》トモ買入度旨《かいいれたきむね》申《もうし》出《いで》候《そうろう》間《あいだ》千万《せんばん》御手数《おてすう》トハ存候得共《ぞんじそうらえども》至急《しきゅう》御回送《ごかいそう》ノ運《はこび》ニ御取計相成度《おとりはからいにあいなりたく》

一、桑苗、魯桑《ろそう》、高助《たかすけ》、市平《いちへい》、六郎《ろくろう》、赤木《あかぎ》、十文字《じゅうもんじ》、柳田《やなぎだ》

一、右取混ゼテ八千百七十八本

明治二十年十一月十五日

静岡県駿東郡役所

郡長　竹内寿貞

砂川源五右衛門殿

その要旨は、駿東郡が砂川の桑苗を買い求めたいということだ。先頃、駿東郡から桑苗購入を打診する書状が届いた。それにたいして、桑苗の相場《そうば》が高値を呼んでいるから、購入されるのを見送られたらどうか返事しておいた。その返事に対して、やはり買い求めることにしたのでよろしくという書状なのだ。

源五右衛門は、書状を読み終えて、今一度、書面を見返す。文面にあるのは桑苗購入のことだけだ。それ以外のことは書かれていない。差出人の氏名を凝視する。差出人は「竹内寿貞」。忘れもしない名前だ。同姓同名の違う人物であるわけがないと思う。

寿貞が砂川村から立ち去ったのは明治十年、西南戦争に警視庁の警視隊に応募したのだ。それ以後、消息が不明になっていたが、駿東郡の郡長として落ち着いているのだ。その間、さまざまなことがあったのだろうと推測する。寿貞が自身のことを何一つ書いていないのに、苦労を重ねたのだろうなと思う。

寿貞は、砂川村で桑苗の栽培《さいばい》をよく知っている。だからこそ、名指しで注文してきたのだ。そう考えると、この注文は、ご無沙汰の詫びと、源五右衛門への親愛の情の表れと受け取れる。

源五右衛門は、寿貞の心遣いをうれしく受け取ることにした。砂川を去ってからの十年の経緯を訪ねるのも止そうと思った。

駿東郡へ、注文された桑苗を取り急ぎ送るように村長に言いつけた。

明治二十二年一月九日、駿東郡富士岡村神山。

在日外国人には不動産の取得が認められていない。病院敷地の保全には、信頼できる日本人の共有地とし、そこが病院事業にのみ使われることを申しあわせをしておく必要がある。

ジェルマンは、その人選を慎重に進めた。まず、信頼できる信徒から五人を選んだ。病院の医師を予定している金子周輔《かねこしゅうすけ》の了解を求めた。敷地の地主Mは、病院設立の際の恩人として仲間に入れて欲しい要求したので都合七人の共有者がそろった。土地代金は三百五十円とされていたが、Mが三百九十八円とすることを要求した。その差額四十八円を寄付するから、自分は病院設立の際の「恩人」であると主張して、共有者《きょうゆうしゃ》の中に、割り込んだのだ。共有契約書にその経緯を書き込んだので、複雑な内容となっている。

しかし、これによって、病院敷地の保全《ほぜん》は完了した。

共有地契約書

右之地所駿東郡神山村《みぎのじしょすんとうぐんこうやまむら》M所有《しょゆう》シ候処《そうろうところ》今般相談ノ上左ノ連名者之共有地《れんめいしゃのきょうゆうち》トシテ永世貧癩者《えいせいひんらいしゃ》施療病院敷地《せりょうびょういんしきち》ト定《さだ》メソノ地代金《ちだいきん》トシテ三百九十八円Mへ相渡《あいわた》シ可申儀《べきもうすぎ》ニ決定仕候内金《けっていつかまつりそうろううちきん》二百円ハ今回同人《こんかいどうにん》へ相渡候残金《あいわたしそうろうざんきん》ノ内《うち》百五十円ハ本年十二月二十日ヲ期《き》シ授受可致尚残金《じゅじゅいたすべくなおざんきん》四十八円ハ右同人《みぎどうにん》ヨリ該病院設立《がいびょういんせつりつ》ニ付寄付《つききふ》トシテ差出可申約定《さしだすもうすべくやくじょう》ス然《しか》ル上《うえ》ハ該地所《がいじしょ》ハ永世貧癩者施療院資本《えいせいひんらいしゃせりょういんしほん》ニ供《きょう》スル者《もの》ニシテ共有者連名各自勝手《きょうゆうしゃれんめいかくじかって》ノ処置不相成ハ《しょちあいならざるは》勿論総《もちろんすべ》テ該病院利益《がいびょういんりえき》ニ関《かん》セザル他《た》ノ事柄《ことがら》ニ充《あ》

ツベカラザル筈《はず》之有《これあり》又《また》ハ　共有者《きょうゆうしゃ》ニ於《おい》テハ仮令《たとえ》一名《いちめい》タリトモ該地所並《がいじしょならび》ニ収益《しゅうえき》ニ関《かん》シ不服《ふふく》ノモノ
有之《これある》トキハ病院以外《びょういんいがい》ノ事《こと》ニ使用《しよう》スベカラザル義有之候《ぎこれありそうろう》
為後証《ごしょうのため》共有地《きょうゆうち》契約証《けいやくしょう》連署《れんしょ》如件《くだんのごとし》

明治二十二年一月九日
駿河国駿東郡沼津《ぬまづ》城内町《じょうないちょう》ノ内《うち》片端町《かたはまち》　伊藤裕清《いとうひろきよ》
同国同郡神山村《こうやまむら》　M
同国同郡グミ沢村　金子周輔
同国同郡川島田村《かわしまだむら》　折原義質《おりはらよしざね》
同国同郡水土野新田《みとのしんでん》　林久四郎《はやしきゅうしろう》
同国同郡同村　伯部豊蔵《はくべとよぞう》
同国同郡同村　田代国平《たしろくにへい》

四月十一日、甲武鉄道《こうぶてつどう》・立川駅。

甲武鉄道開業の日。おだやかに晴れわたった朝、駅前の一本の桜の古木《こぼく》が満開だ。日の丸の旗を掲げ、紅白の幔幕《まんまく》で飾った駅舎のまわりには、柴崎村、砂川村の人たちが大勢つめかけている。

午前八時、砂川源五右衛門、田村半十郎はフロックコートに身を包み、羽織袴の指田茂十郎《さしたもじゅうろう》と、立川駅正面にに立っていた。

三人は多摩地域を代表する立場の株主だ。

笑みをうかべ、

「おめでとう」

「ようやくここまでこぎつけたな」

「多摩が東京に結ばれる。待ち遠しかった」

それぞれに言葉を交わす。

遠くから列車の響きが聞こえてきた。それがだんだんと大きくなってくる。

午前八時九分、汽笛を二度三度響かせて、イギリスのナスミス・ウイルソン社製1B1型タンク蒸気機関車が箱形客車を牽引してホームに到着した。定刻の到着だった。

甲武鉄道は、立川・新宿間《しんじゅくかん》二十七・四キロを一直線に結び、途中八駅を、約一時間で走る。運賃は上等《じょうとう》、中等《ちゅうとう》、下等《かとう》に三区分され、立川・新宿間は上等で六十六銭、下等で二十二銭、一日に四回運行する。

駅員に案内されて、三人は機関車に近づいた。近くによると車体から熱気が感じられる。機関士《きかんし》が石炭を釜《ボイラー》に補給している。そして車台の下から蒸気が吹いている。まるで力強い鉄の動物のようだった。眺めていて飽きることはない。

午前八時四十分、方向を転換した機関車は、力強く走りはじめた。群衆の中から期せずして歓呼の声がわき上がる。

三人は上等に席をしめ、人々に手を振った。

「これが、われわれの努力してきた鉄道だな」

「鉄道が人を運ぶ。物を運ぶ。今やそんな時代ですぞ」

窓から吹き込む風が心地よい。レールから小刻みにガタン、ガタンと伝わる振動音に、時速三十キロの速さを体感する。生まれて初めての速さだ。いつしか、国分寺を過ぎて、東小金井《ひがしこがねい》をめざしていた。

三人は、黙って流れ去る沿線の風景《ふうけい》に見とれていた。

＊

三人にとってこの日に到る道筋は決して平坦《へいたん》ではなかった。

いくつもの思い出がよみがえる。

玉川上水の通船が中止になって以後、多摩と東京を結ぶ何かが必要だった。水運がだめなら、陸運しかないと馬車鉄道の企画が持ち上がった。甲武馬車鉄道《こうぶばしゃてつどう》を設立、その路線をめぐって計画が一転二転、明治十九年、新宿・八王子間の路線の敷設許可が下りた。その時、新宿・青梅を蒸気鉄道で結ぶ武甲鉄道《ぶこうてつどう》が設立を願い出たのだ。競願《きょうがん》である。

甲武馬車鉄道は、大隈重信《おおくましげのぶ》に事態打開に乗り出して欲しいと懇請した。甲武馬車鉄道は、足元をすくわれる危機感を抱いて、急遽《きゅうきょ》、路線計画を馬車鉄道を蒸気鉄道に切り替え、甲武鉄道として設立を出願。当局は、両社が合同するという条件で、蒸気鉄道の敷設を認可した。

ところが、新たに武蔵鉄道が出現、八王子・川崎間《かわさきかん》を蒸気鉄道《じょうきてつどう》で結ぶという。この処理をめぐって、内務大臣山県有朋《やまがたありとも》が、甲武鉄道の計画を採択。明治二十年三月三十一日、開業許可《かいぎょうきょか》を与えた。経済性と効率から立川・新宿をつなぐ一直線の路線とした。

また鉄道当局は、甲武鉄道を、当時日本の幹線鉄道《かんせんてつどう》を保有する日本鉄道会社《にほんてつどうかいしゃ》の一支線《いちしせん》として運用することを求めた。

この鉄道敷設の主体が、どの企業となるかをめぐって甲武鉄道の株価《かぶか》は変動《へんどう》、鉄道の将来性を見込んだ事業家の雨宮敬次郎《あめみやけいじろう》が、資本金額面六十万円のうちの七千六百株、三十八万円を取得、筆頭株主となった。そして田村半十郎は五千二百三十八株、二十六万一千九百円、指田茂十郎が六百十一株、三万五百五拾円、砂川源五右衛門が八百五十六株、四万二千八百円を保有、多摩地域の豪農として参画していた。

鉄道建設のさなか、立川駅の位置をどこにするかが問題となり、砂川源五右衛門は積極的に砂川村に誘致した。そのため、駅舎の正面は砂川村の位置する北側に設けられている。

甲武鉄道は、その収入源を一般乗客のほか、沿線に小金井《こがねい》の桜の名所などへの観光客を見込んだ。そして東京への貨物にも期待している。

田村半十郎が、

「砂川さん、これで村が活気づくだろうな」

「上水に船を走らせた時は、俺の村では、野菜作りに精出したもんだよ。今度は、どんな物が東京へ送り出される楽しみなことだ」

指田茂十郎が、頷いた後、

「それもそうだが、東京から多摩に何が流れ込んでくるのか、それも考えなくちゃならない」

砂川がぽんと手を叩いて、

「どっちにしても、きょうはめでたい。どうだい、新宿で祝いの昼飯としようじゃないか」

「多摩の新時代のはじまりだね」

汽車は、大久保駅を過ぎ、ほどなく終点・新宿駅に達する。


四月二十九日、駿東郡役所。

ジェルマンは、病院幹事《びょういんかんじ》をつとめる伯部豊蔵《はくべとよぞう》と共に、駿東郡役所を訪ねた。

「テストヴィド神父さん、さまざまな苦労をされたね。書類は持ってきましたか」

郡長の河目俊宗《かわめとしむね》がにこやかに迎えてくれる。

「郡長さん、役所は私たちに、温かい好意を示して下さいました。ありがとうございます。病院の建物も完成し、医師を迎え、医療器具もそろいました。患者も受け入れられます」

「それは結構なことです。駿東郡に特色のある病院ができるのは、うれしいことです。それにしても、私の前任者の竹内さんは、仕事の引き継《つ》ぎの際、私にあなたの人柄と熱意を話してくれ、病院設立の許可を滞《とどこお》りなく出してやって欲しいと申された。その時に聞いたのだが、神父さんと竹内さんは、不思議な因縁で結ばれているとか」

「そうなんです。竹内さんは、私の仕事を助けてくれました。感謝の気持ちでいっぱいです」

「それでは願書を見せて下さい」

私立病院設立願

一、私立病院位置

静岡県駿東郡富士岡村神山一千九百十二番地私立復生病院ト称ス

一、院則

当院ハ東京起癈病院《きはいびょういん》ト特約ヲ結ビ内外慈善ノ寄付金ヲ以テ貧困ノハンセン病患者ノ治療ヲ専門トス故《ゆえ》ニ該患者《がいかんじゃ》ニ限リ時間ニ係《かかわ》ラズ診察施療《しんさつせりょう》シ薬価ヲ徴収《ちょうしゅう》セズト雖《いえど》モハンセン病患者外ノ患者ハ左ノ規則ニ依ル

診療時間

毎日午前八時ヨリ午後二時マデトス

薬価

内服薬《ないふくやく》　一日分　金四銭五厘

兼用薬《けんようやく》　一日分　金三銭五厘

以上十歳未満ノ者ハ半額

施術料《せじゅつりょう》

施術料ハ其術《そのじゅ》ノ大小ト難易《なんい》トニ依《よ》リ之《これ》ヲ定《さだ》ム

診察料《しんさつりょう》

往診料《おうしんりょう》ハ里程《りてい》半里《はんり》以上一里《いちり》以内ハ金十銭以上《ご》一里毎《と》ニ金十銭ヲ増《ま》ス

一、院長《いんちょう》

院長　金子周輔《かねこしゅうすけ》

一、当直医《とうちょくい》ハ追《おっ》テ聘雇《へいこ》ノ見込

一、院長以下医員給料《いんちょういかいいんきゅうりょう》

院長　月俸《げっぽう》　金三十五円

一、病院経費《びょういんけいひ》一ヶ月分予算額《よさんがく》

内

金百三十九円六十銭　収入予算《しゅうにゅうよさん》

金百三十円　内外慈善者寄付金《ないがいじぜんしゃきふきん》

金九円六十銭　ハンセン病患者外患者薬価《かんじゃがいかんじゃやっか》

金百三十九円六十銭　支出予算《ししゅつよさん》

内

金三十円　院長以下医員給料

金四円　薬剤生見習《やくざいせいみならい》給料

金二円五十銭　看護人《かんごにん》給料

金一円五十銭　小使《こづかい》給料

金六円六十銭　薪炭油費《しんたんあぶらひ》

金一円　需用品代《じゅようひんだい》

金一円　修繕費《しゅうぜんひ》

金五十銭　器械費《きかいひ》
金九十円　ハンセン病患者薬品代《やくひんだい》
金二円　ハンセン病患者以外薬品代
明治二十二年四月二十九日
静岡県駿東郡富士岡村神山《ふじおかむらこうやま》百九番地乙寄留《おつきりゅう》
復生病院幹事　伯部豊蔵
東郡長　河目俊宗殿

「収支計画の内容について二、三質問してもいいですか」

「どうぞ」

「収入の部で毎月の寄付金が百三十円となっているが、これほど多額の寄付金が入るようになっているのですか」

「これだけの金額が間違いなく入金されるかどうかは、はじまってみないと分かりません。しかし、これだけの金額は、病院を運営していくのにどうしても必要なのです」

「それはまたなぜ」

「支出の部を見て頂くと、ハンセン病患者の薬品代として九十円を計上しています。これには、食費と薬価が含まれています。入院患者一名につき、一ヶ月の食費は二円五十銭より安くはできません。これに薬代二円を加えると一人あたり四円五十銭が必要です。二十人の患者を受け入れると総計で九十円となります。もちろん、入院患者から入院料を徴収することも必要です。しかし、ほとんどの患者は、家族にすら見捨てられて、私たちのもとに来たのです。ですから、入院料の支払いなどは考えられないのです。これがハンセン病患者以外の患者を扱う病院であれば、月間の予算は五十円以下ですみます。つまりハンセン病患者専門の私立病院であることから、こうした経費の内容となっているのです」

「神父さん、病院開設にたどり着くまでも、容易なことではなかったが、病院の運営は、それにもましてむずかしいようだ。どうか元気を出して頑張って下さい。書類はこれで結構です」

五月十六日、駿東郡役所。

二学第五四八号ノ三
願《ねがい》ノ趣《おもむき》聞届《ききとど》ク
但シ院長等医術開業《いじゅつかいぎょう》ノ儀ハ明治十七年正本県甲《せいほんけんこう》第七十八号ニ拠《よ》リ更ニ届出可《とどけいずべ》シ
明治二十二年五月十六日
静岡県駿東郡長　河目俊宗　　印

病院開設の許可はおりた。
六月二十八日、駿東郡富士岡村・神山復生病院にて。オズーフ司教宛の報告書。

日本北緯教会教皇代理司教アルシノエノ司教

オズーフ閣下

ハンセン病病院ヲ設立ショウトスル私ノ計画ヲゴ承認頂頂イタ日カラ、早クモ十八ヶ月ヲ経過イタシマシタ。神様ノオ導キト摂理ニヨリ喜バシイ結果トナッテマイリマシタコトヲゴ報告サセテ頂キマス。

マズ病院敷地ノ確保ニツイテデアリマス。コレハ当初予定シテオリマシタ地主トノ交渉ガ不調トナリ、困リ果テテオリマシタ。トコロガ偶然ニ、七千坪ノ所有地ヲ売却シタイトイウ人物ガ現レ、コノ人ト売買契約《ばいばいけいやく》ヲ交ワスコトガデキマシタ。

ツギニ事業資金ニツイテデアリマス。私ハ、内外ノ慈善家ニ募金ヲオ願イイタシマシタ。募金ハ多クノ人タチノ共感ヲ呼ンダノデアリマス。

次ニコノ事業ノ収支実績《しゅうしじっせき》ヲ報告イタシマス。

収入の部

宣教会宣教師	七十円
日本在留外国人	三百七十八円
日本人	三十三円七十一銭

中国	五十円
ベトナム	五円
チベット	二十五円
オーストラリア	十八円五十銭
マレーシア	三十円
ベルギー	三百十一円五十銭
イギリス	百三十円
フランス	百十三円二十五銭
総計	千百六十五円九十八銭

支出の部

薬価	百二十円六十九銭
旅費	十一円五十三銭
仮家具代	二十二円七十六銭
埋葬費《まいそうひ》	五円八十六銭
看護人給料	二十五円
翻訳・印刷費	六円二十六銭
雑費	七円四十六銭

土地購買費　三百五十円
諸建築費　六百十三円十五銭
（残余現金）　一円七十三銭
総計　千百六十五円九十八銭

募金ニ応ジラレタ数多クノ人ノ厚意《こうい》ガアッタカラコソ、病院ハ実現《じつげん》シタノデアリマス。タダ病院ガデキタコトデ、事業《じぎょう》ガ終《お》ワルノデハアリマセン。病院ヲ維持運営《いじうんえい》スル仕事ガハジマルノデス。ソレニハ毎月百円、年間ニシテ一千二百円ノ費用《ひよう》ガ必要《ひつよう》ト見込マレマス。コノ費用ヲ確保《かくほ》スルタメノ努力《どりょく》ガ求《もと》メラレルノデス。

私ノ事業ハ未ダ微少ナモノデ、種子《たね》ヲ播《ま》イタバカリデアリマス。神様ニコレヲ成長《せいちょう》サセテイタダクナラ、大《おお》キナ樹木《じゅもく》ニ育《そだ》ツデアリマショウ。

閣下《かっか》ノ従順《じゅうじゅん》ナル僕《しもべ》　ジェルマン・レジェ・テストヴィド

第十二章　明治二十四年

五月十九日、武州砂川村・聖トマス教会
「角太郎さん、今日は」

ジェルマンが人力車に乗って訪ねてきた。顔に生気が無い。

「お久しぶりです。どうやって来たんですか」

「新宿から甲武鉄道の列車で立川駅まで来ました。そこから人力車に乗ったんです」

「神父さん、なんだか疲れているように見えますが」

「私は元気がないのです。腹や胸がむかついて食欲がありません。それでかなり痩せました。歩くのが辛いのです」

「神父さん、あなたが土台を固めたこの教会は、五十人の信徒が守っています。私が日曜ミサと説教を行います」

「角太郎さん、それはすばらしいことです」

「そして教会付属の宣教学校《せんきょうがっこう》には、村の小学校の月謝を払えない四十人の生徒がいます。その中には小学校からの転校生もいるんですよ」

「うれしいです。少しは元気が出てくるような気がします」

ジェルマンは、初めて砂川村を訪ねた日のことを思い出す。

剣道場で、子どもたちが竹刀を揮っていた。竹内寿貞が大声で指導していた。寿貞が昼食をご馳走してくれた。そして寿貞の居室に泊まった。それから、ジェルマンは足繁く砂川村を訪れる。活発につぎつぎと質問を重ねる角太郎。その角太郎は今、教会を支える若手の中心だ。

角太郎の家に集まった会衆の中には、教えを聴くのではなく、物珍しい異人の姿を確かめに来ている村人もいた。ジェルマンは、教えを説いた。しかし、その話を真摯に受け止めている顔はなかった。説教の中から疑問が生まれ、質問となる。それは訊ねるというよりは、詰問《きつもん》するかのようだった。

キリストよりも、日本の仏の方が、御利益があると言い張る老人がいた。キリスト教の天国と極楽浄土《ごくらくじょうど》とは、どう違うのかと迫る男がいた。南無阿弥陀仏《なむあみだぶつ》と称えれば、極楽《ごくらく》に行けるのに、天国に行くのは面倒だと反論する中年男もいた。死刑になったキリストは、やはり罪人ではないかと首をかしげる農婦がいた。角太郎も質問してたたみ込んできた。

ジェルマンは、笑みを絶やさず、これらの声に答えた。

ある日の説教の時、ジェルマンの話に頷く顔が見えた。それが一人ではなく、二人三人といた。ジェルマンの話が届いたのだ。ジェルマンが待ち望んでいた会衆の変化だった。

ジェルマンは、そうした人たちに、教理の基本「公教要理《こうきょうようり》」を説くことにした。角太郎もその一人だった。

ジェルマンは教えを説く時、会衆がジェルマンを信じるのではなく、ジェルマンをこの場に送った神を信じ、ジェルマンを見る人は、ジェルマンを送った神を見ると確信する。神は、光としてこの世に現れ、神を信じるひとが暗黒から救うためであると感じる。

イエス呼《よば》はりて言《い》ひ給《たま》ふ「われを信《しん》ずる者《もの》は我《われ》を信《しん》ずるにあらず、我《われ》を遣《つかは》し給《たま》ひし者《もの》を信《しん》じ、我《われ》を見《み》る者《もの》は我《われ》を遣《つかは》し給《たま》ひし者《もの》を見《み》るなり。我《われ》は光《ひかり》として世《よ》に来《きた》れり。すべて我《われ》を信《しん》ずる者《もの》の暗黒《くらき》に居《を》らざらん為《ため》なり…」

ヨハネ伝福音書第十二章第四十四節〜第四十六節

信徒たちは、光が暗闇に射し込むように神の恩寵を感じ取ったのだ。

ジェルマンは、追憶から立ち戻った。

「角太郎さん、きょうお伺いしたのは、教会の様子を見たかったこと、特に角太郎さんに会いたかったこと、そしてあなたが、はがきに書いてくれていたこの教会のオルガンに触りたかったのです。」

「この教会の状況は、お話ししました。つぎに私角太郎は、元気です。教会のお守りを引き受けています。それから、神父さんが贈ってくれた教会のオルガンは、立派に働いています。さあ祭壇の横に行きましょう。鍵盤もきれいでしょ」

ジェルマンは見た。ルッソー製の八十八鍵の小さなオルガンだ。突然、故郷に戻ったような気がした。

ティヴェ村の教会信徒が、日本へ出かけるジェルマンのためにお金を持ち寄って送ってくれたもの。

敬虔な多くの信徒の顔を思い出す。

ジェルマンはオルガンの前に坐った。

「ハレルヤを弾《ひ》きましょう」

ハレルヤ
全能《ぜんのう》の主《しゅ》　われらの神《かみ》は統治《しらすべ》すなり
ハレルヤ

ハレルヤ
この世《よ》の国《くに》は我《われ》らの主《しゅ》およびキリストの国《くに》となれり
彼《かれ》は世々《よよ》限《かぎ》りなく王《おう》たらん
ハレルヤ

ハレルヤ
王《おう》の王《おう》　主《しゅ》の主《しゅ》
主《しゅ》は限《かぎ》りなく王《おう》たらん

鍵盤のタッチは軽い。オルガンの音色《ねいろ》は柔《やわ》らかだ。その旋律《せんりつ》が教会を包み込んだ。

「角太郎さん、私は今、故郷に戻って、公教要理を学んだ少年の日を思い出しました。私は、元気がなくなってきているので、再び、ここへ来れるかどうか、それは神様次第のことです。でも、きょうのことは決して忘れないでしょう」

ジェルマンは、角太郎の手を握った。

「さようなら」

六月三日、横濱・聖心教会
ジェルマンは、一週間の巡回を終え、やつれきって横浜に戻ってきた。

診察した医師たちは、伏し目がちに首を横に振った。胃ガンがかなり進行している。居留地の病院では、もはやなすすべはないのだ。

ジェルマンは、終日、ベッドに横たわるようになった。

梅雨時の蒸し暑い風が、弱った肉体をさいなむ。

オズーフ大司教は、ジェルマンを香港にあるパリ外国宣教会極東本部の付属病院へ移送することを決めた。

聖心教会では、ジェルマンのための聖餐式《せいさんしき》が執行され、在住の神父全員が参列した。

ジェルマンは、祭衣《さいい》をまとい、ときによろけながらも、聖餐《せいさん》を拝領してひざまずき、深い感謝と祈りを捧げた。そして寝食をともにしてきた同僚神父に、別れの言葉をはっきりと述べた。

「現在、私には身体の苦痛があります。この苦痛によって、私は私と神との関わりを考えます。私たちキリスト者は、私たちの本性に根ざす倫理を大切にすると共に、神の子として生きる信仰と希望と愛を重んじています。この三つの徳は、私たちと神との一致、永遠の至福につながるものです。

そのことから、私は次の聖句を思います。

斯《か》く我《われ》ら信仰《しんこう》によりて義《ぎ》とせられたれば、我《われ》らの主《しゅ》イエス・キリストに頼《よ》り、神《かみ》に対《たい》して平和《へいわ》を得《え》たり。また彼《かれ》により信仰《しんこう》によりて、今立《いまた》つところの恩恵《めぐみ》に入《い》ることを得《う》、神《かみ》の栄光《えいこう》を望《のぞ》みて喜《よろこ》ぶなり。然《しか》のみならず患難《くわんなん》をも喜《よろこ》ぶ、そは患難《くわんなん》は忍耐《にんたい》を生《しょう》じ、忍耐《にんたい》は練達《れんたつ》を生《しょう》じ、練達《れんたつ》は希望《きぼう》を生《しょう》ずと知《し》ればなり。希望《きぼう》は恥《はじ》を来《きた》らせず、我《われ》らに賜《たま》ひたる聖霊《せいれい》によりて神《かみ》の愛《あい》われらの心《こころ》に注《そそ》げばなり。

ロマ人への書・第五章第一節〜第五節

私の身体の苦痛は、神の恩恵により希望を生み出します。その希望は、私たちを欺《あざむ》くことはないのです」

ジェルマンは激痛を押し殺し、微笑して語るのだった。

六月四日、横濱埠頭《ふとう》。

ジェルマンは、フランス郵船のメンデレー号に乗り込み香港へ向かった。埠頭では数人の司祭たちだけが見送った。一般の信徒たちに別れの辛さを味わせないようにとの配慮からだ。

出港を告げる銅鑼《どら》が鳴り響く。二度三度と汽笛が吹鳴《すいめい》された。もやい綱を解かれた三本マストの白船が岸壁《がんぺき》を離れる。

仲間のラングレー師が黒い帽子を手にして振っている。

十八年前の明治六年、七人の同期生神父とともにこの国へ上陸した。今はこの国に決別するのだ。桟橋には、もう二度と戻ることはない町の全景が広がって見える。

ジェルマンは、日本へ向かったマルセーユの港の光景と、重ね合わせた。あの時、母国マルセーユの港に別れを告げた。日本は異国だった。しかし、今は違う。この国は、伝道の母国だ。

こみ上げるものに何もかもうるんでしまった。それでいいと思った。ジェルマンは船室に入る。

横浜から香港までの航海は七日間だ。東シナ海は荒波だ。帆を下げ、蒸気機関《スチームエンジン》だけで進む。千五百トンの船体を右に左にと、思うさまにひねり、もてあそぶ。船首が波頭を鋭く裂き割って深く下がると、船尾は空中にさらされ、負荷を失った推進器《スクリュー》が空転する。一瞬二瞬、激しい振動が船体を揺るがす。

ジェルマンは、ひたすらに耐えていた。吐き出すものはすべて吐き出し、腹の中には胃液だけだ。のど元に上がってきた胃液を、辛うじて飲み下す。意識がもうろうとしてくる。やがて、ジェルマンは失神するように深い眠りに入る。

台湾海峡から、南シナ海に入ると天候も回復し、すべての帆を上げて走る。

六月十一日、香港・パリ外国宣教会医療施設《いりょうしせつ》ベタニアの園。

横濱を出て七日目にようやく香港に入港した。

港で待ち受けていた担架《たんか》に乗せられ、パリ外国宣教会極東本部の医療施設ベタニアの園へと運ばれた。

香港島の南東側の山の中腹、ちょうど香港港の裏側にあたるヴィクトリアとアバディン街近くのポクフロムの閑静な住宅街に病棟がある。病室からは海を一望することができた。榕樹《ガジュマル》とハイビスカスが生い茂って、爽やかな風を運んでくる。晴れた空の下、水平線のかなたまで見通せた。午後の驟雨《しゅうう》が、木々の緑を洗って鮮やかとなる。

六月十八日、香港・パリ外国宣教医療施設ベタニアの園。

病棟には、サンモール修道会の修道女たちが、手厚い看護にあたっている。

ジェルマンの病状は、日ごとに悪化していく。苦痛に耐えながら、懸命に食事を執《と》る。辛うじて僅かな流動物《りゅうどうぶつ》を喉に通す。しかし、すぐにそれも吐きだしてしまう。咀嚼《そしゃく》する機能《きのう》はまるで亡くなっているのだ。

ジェルマンは、どんなことがあっても、朝夕の二度、ベッドの上に起き上がり、数珠《ロザリオ》をまさぐってロザリオの祈りを捧げる。

衰弱につれ、聖体拝領も困難になるときがある。神に召される日は遠くはない。ジェルマンは、体力が衰えたために、神に非礼があってはならないと、拝領を療養所の司祭に申し出た。

ジェルマンは、自らが歩いた、神の教えを伝えた町々を想起する。八王子、砂川、拝島《はいじま》、五日市、入間《いるま》、静岡、三河《みかわ》、そして御殿場、それぞれの土地に、さまざまな思いがある。なかでも復生病院のことには、道半ばで終わったという無念がつきまとう。

ジェルマンは、もう一度、日本へ向かいたいと思う。それが不可能であっても、行きたいと思う。自らが生き延びたいのではない。それは神の御手に委ねてある。『歩く伝道』を続けたいのだ。

七月十三日、香港・パリ外国宣教医療施設ベタニアの園。

ガンは全身に広がった。さらにガンは心臓を冒しはじめた。名状しがたい苦悶が昼となく夜となく続く。ジェルマンは、苦しみを口にはしない。ただ、突き刺すような痛みに、思わずうめき声が漏れてくることもある。七月十八日、食物はほとんど受けつけなくなった。吐瀉《としゃ》は一段と激しくなった。牛乳までも、吐きだしてしまう。それでも気力だけで生きている。

七月二十二日、香港・パリ外国宣教医療施設ベタニアの園。

ガンが全身に転移していることが確認された。

医師は、苦痛緩和のためにと、モルヒネ注射を行うこととした。血液の中を何かが巡《めぐ》る。生気が走る。ジェルマンは、痛みが緩和《かんわ》されるのを感じた。ほっと深いため息が漏れる。苦痛が消えた。ジェルマンは、痛みに妨げられず、考える事ができることを知った。うれしい静寂のひとときだ。だが、なぜそうなったのかも理解した。神父たちと医師と思いやりからだ。感謝しないではいられない。と同時に、それは自らの病状が差し迫っているのだとも覚った。

ジェルマンは、少量の肉とワインを口にすることができた。そして安らかな眠りに入っていった。頬の肉が削げ落ち、毛布の下の体が、一回りは小さくなっている。修道女たちは、ベッドのかたわらの椅子に腰掛けてひたすらに看取っている。

七月二十五日、香港・パリ外国宣教会医療施設ベタニアの園。

この日、聖体拝領。ジェルマンは、この日、ベルリオーズ司教が日本で叙階されるのに、式典に参加できないのはとても寂しいことだと、看護人につぶやいた。

七月二十六日、日曜日、香港・パリ外国宣教医療施設ベタニアの園。

聖体拝領。モルヒネ注射が打たれたが、苦痛は消えず、食物は喉を通らなくなった。

七月二十七日、香港・パリ外国宣教医療施設ベタニアの園。

ほんの少し元気が回復。僅かばかりの水で口を湿《しめ》した。午後になると、自らベッドで起き上がり、遺書を書きはじめた。フランスの両親、パリ外国宣教会本部、東京のオズーフ司教と三通を認めた。一字、一字を確かめるようにゆっくりとペンを運んだ。

七月二十八日、香港・パリ外国宣教医療施設ベタニアの園。

容体は悪化した。ベッドからは起き上がれない。眠ることも困難になった。呼吸も困難になってきている。


八月一日、香港・パリ外国宣教医療施設ベタニアの園。

医師はジェルマンの臨終を宣告した。極東本部の主管司教《しゅかんしきょう》が病床に立って、聖油《せいゆ》の秘蹟《ひせき》の儀式を執行。ジェルマンは混濁する意識の中で、僅かに眼を開き天井の一点を見つめていた。


八月二日、香港・パリ外国宣教医療施設ベタニアの園。

ジェルマンは、病床で顔を洗い、ヒゲと髪を整え、着衣を改めてくれるように懇願《こんがん》した。

「この身を浄め、主のみ許に行きたいのです」

修道女が体を浄める。ジェルマンは息をつめて、体内に渦巻く激痛に耐え白い聖衣《せいい》を着た。そんな体力は残ってはいない。気力でやりとげたのだ。

ジェルマンは、最期の告解《こくかい》をした。

「神の僕《しもべ》として、神の教えを伝えるために、もっともっと歩くべきでした。意思弱く非力《ひりき》であった私をお許し下さい」

その声は、今や力なく、低かった。しかし、その語り口は、明晰《めいせき》そのものだった。その場にある数人の修道女と神父たちの胸に、一条の清冽《せいれつ》なせせらぎのようにしみ通っていった。

「みなさん、ありがとう。私はこれからお召しの時を待ちます」

ジェルマンは、両掌《りょうてのひら》を組み、静かに瞑目《めいもく》した。

脈拍は、不規則となりはじめた。脚と手が冷たくなってくる。

午後七時半、意識が混濁《こんだく》しはじめた。熱のために渇《かわ》ききった唇が、何かを言っている。そっと耳を寄せると、ミサの祈りが切れ切れに聞こえてきた。

病床を取り巻く、神父たちが目配《めくば》せし、頷いた。

臨終《りんじゅう》の祈りが捧げられる

八月三日、香港・パリ外国宣教医療施設ベタニアの園。

ジェルマンから苦痛が消えたようだ。生の終わりに訪れるつかのまの平安なのか。

ジェルマンは、主の身許《みもと》へ旅立つ悦《よろこ》びに充たされていた。

故郷・ラングル県での少年の日々。故郷の風景が折り重なって展がる。

聖歌隊の一員として歌った賛美歌……。

パリへの旅立ち……。

大神学院の授業……。

マルセーユの港から日本へ……。

グレゴリオ聖歌の重唱《じゅうしょう》が聞こえてくる。

それはパリの本部で聞いたのではない。

砂川の聖トーマス教会のオルガンの響きだ……。

日本の信徒が、フランス語で歌う音律《おんりつ》だ。

その響きに母を思った……。

ジェルマンは、胸の中の大きな教会にいる。

思い出すことが、天井画や壁画、そしてステンドグラスに描かれてある。

今、終わろうとしている四十二年間の生涯……。

午前五時十三分。日の出に先立つ一時間前、ジェルマン・レジェ・テストヴィドは、わが身から抜け出た。天を舞い、空を見上げて脚を踏み出す帰天《きてん》の旅。その足取りは軽やかだ。

鈴木茂夫（すずき・しげお）

1931 年生まれ。1954 年、早稲田大学第一文学ロシア文学科卒。
ＴＢＳ（東京放送）入社。ＴＶニュース・チーフディレクター。
1995 年佛教大学文学部佛教学科卒。
著書に『台湾処分一九四五年』、『アメリカとの出会い―ボクの戦後日記』、『早稲田細胞・一九五二年』、『風説・赤坂テレビ村』（いずれも同時代社）、『30 代からの自転車旅行のすすめ』『東京自転車旅行ノート』などの著書がある。

武州砂川天主堂

2016 年 7 月 11 日　　初版第 1 刷発行

著　者　　鈴木茂夫
発行者　　高井　隆
発行所　　株式会社同時代社
〒 101-0065　東京都千代田区西神田 2-7-6
電話 03(3261)3149　FAX 03(3261)3237
組　版　　有限会社閏月社
装　幀　　クリエイティブ・コンセプト
印　刷　　中央精版印刷株式会社

ISBN978-4-88683-801-8